# 古典詩歌研究彙刊

## 第五輯

龔鵬程 主編

## 第2冊

從賦的文體定位
論中國敘事詩的形成與發展（下）

王晴慧 著

國家圖書館出版品預行編目資料

從賦的文體定位論中國敘事詩的形成與發展（下）／王晴慧
著 — 初版 — 台北縣永和市：花木蘭文化出版社，2009〔民
98〕

目 4+162 面；17×24 公分（古典詩歌研究彙刊 第五輯；第 2 冊）

ISBN 978-986-6528-51-4（精裝）
1. 中國詩 2. 敘事詩 3. 辭賦 4 詩評

820.91 98000871

ISBN - 978-986-6528-51-4

9 789866 528514

古典詩歌研究彙刊
第五輯 第 二 冊　　　　　　　ISBN：978-986-6528-51-4

從賦的文體定位論中國敘事詩的形成與發展（下）

作　　者　王晴慧
主　　編　龔鵬程
總 編 輯　杜潔祥
出　　版　花木蘭文化出版社
發 行 所　花木蘭文化出版社
發 行 人　高小娟
聯絡地址　台北縣永和市中正路五九五號七樓之三
　　　　　電話：02-2923-1455／傳眞：02-2923-1452
網　　址　http://www.huamulan.tw 信箱 sut81518@ms59.hinet.net
印　　刷　普羅文化出版廣告事業
初　　版　2009 年 3 月
定　　價　第五輯 20 冊（精裝）新台幣 28,000 元

從賦的文體定位
論中國敘事詩的形成與發展（下）

王晴慧　著

# 目

# 次

# 第五章　重新詮釋敘事詩在中國詩歌史的發展歷程

　　綜合上述各章的論述後，得出屈賦與漢賦實為中國敘事詩之成員，故以往文學史或詩歌史上的敘事詩發展概況，自是有必要重新詮釋。以此之故，本章擬概分為三節：第一節擬論述戰國以前的敘事詩發展歷程。第二節則論述敘事詩在戰國兩漢的蓬勃發展，並以此時期所呈現的浪漫主義特色作為切入點以論述之。第三節則論述六朝以後敘事抒情雙向並行的詩歌發展軌跡，最後說明賦之存在即象徵敘事詩存在之文學現象。

## 第一節　戰國以前源起於敘事而後以抒情為主的詩歌歷程

### 一、揭示敘事導向的《雅》詩在詩歌發展史上之意義

　　《詩經》為我國最古之詩歌總集，以往大多數的看法，皆認為《詩經》大多以抒情表現為主，故可說是我國詩歌抒情傳統的源頭。

　　但若站在敘事文學的角度來看待《詩經》，則大小《雅》所含的敘事材料最多，其中的《大雅》含有不少史詩性質的敘事詩，而《小雅》中亦有一些敘事性較濃的詩歌，故本節擬由大小《雅》詩切入，

探察其敘事色彩，及其在詩歌史上所揭示的意義。

　　一般述及《詩經》中敘事詩者，總會涉及《大雅》的〈生民〉、〈公劉〉、〈緜〉、〈皇矣〉、〈大明〉等五篇。此五篇分別敘述著周民族英雄的事蹟，聯繫起來，近乎一部記敘周民族重大歷史事件的史詩，故歷來被學者們視爲是周族開國的敘事史詩〔註1〕。以下先分述〈生民〉等五詩被視爲敘事詩之由。

　　〈生民〉敘述的是姜嫄履神跡而生下周族先祖后稷，及后稷在有邰建立周族基業的過程。詩分八章，詩中關於后稷的出生帶有神話故事色彩——“履帝武敏歆，攸介攸止。載震載夙，載生載育，時維后稷。”且通篇次第鋪敘，一、二章先敘述姜嫄燒柴祭神、踩著天帝的腳印而受孕的過程〔註2〕；三章敘述后稷誕生後，被棄置在荒郊野外，但牛羊、鳥兒都來照顧他〔註3〕；四、五、六章敘述后稷在成長的過程中，自然展露出善於經營農業之才幹，種植的五穀都能有好的豐收，並在邰邑建家立業，開拓周族基業〔註4〕；七、八章以后稷的虔誠祭祀，保佑子孫世代平安作爲結尾〔註5〕。就敘事性展現而言，〈生民〉通過一定的場景、人物、故事的記述，展現出動態過程的敘寫手法，敘事情節上亦有所銜接，可說已具備一定的敘事技巧。就詩歌內容來看，〈生民〉所反映出的歷史意義，可說是由母系氏族社會向父系氏族社會逐漸轉變的過程，姜嫄「履帝武敏歆」而受孕懷胎，並順

---

〔註1〕論及《詩經》中的敘事詩者，大多將〈生民〉、〈公劉〉、〈緜〉、〈皇矣〉、〈大明〉五篇作爲周民族開國史詩詩組來看待，例如：陸侃如、馮沅君《中國詩史》（頁41）、張松如《中國詩歌史》（頁67～68）、葉慶炳《中國文學史》上冊（頁102）、劉大杰《校訂本中國文學發展史》（頁224）、陳來生《史詩‧敘事詩與民族精神》（頁12）、高永年《中國敘事詩研究》（頁7、119）等。

〔註2〕自「厥初生民」至「居然生子」（頁817～818）。本章凡引述《詩經》文句者，皆參考滕志賢注譯，《新譯詩經讀本》，台北市：三民書局，2002年初版三刷。以下引文不再贅述出處，只標示頁碼。

〔註3〕自「誕寘之隘巷」至「厥聲載路」（頁819）。

〔註4〕自「誕實匍匐」至「以歸肇祀」（頁819～822）。

〔註5〕自「誕我祀如何」至「以迄于今」（頁822～823）。

利生下后稷的敘述，體現了初民時期歷史神話化、傳說化的色彩；且
對后稷的種種傳奇式敘述，也顯現出氏族的祖先崇拜心理，其傳奇故
事式的詩歌敘事手法，使〈生民〉一詩在先民質樸無華的詩歌表述之
中帶有濃厚的故事性色彩。

　　〈公劉〉則是敘述后稷的裔孫公劉由邰遷豳之事。詩分六章，首
章敘述公劉遷豳之準備〔註6〕；二章敘述公劉不辭勞苦地勘查豳地之
事〔註7〕；三章敘述公劉率領人民遷徙至豳地，人民在此安居樂業，
無不歡愉之情景〔註8〕；四章敘述公劉依傍京邑建造宮室，宮室既成，
並宴饗群臣同歡之事〔註9〕；五章敘述公劉測量日影、觀察泉水流向、
開荒墾田、種植穀糧之事〔註10〕；六章敘述在公劉的帶領之下，豳地
被開墾建設得井井有條，於是人民愈來愈多，夾著皇澗住滿、面向過
澗住下，呈現一片人口旺盛的繁榮景象〔註11〕。此詩的敘事，仍是有
時序性穿梭其間，故事有始有終，有人物、時空背景、事件情節等基
本敘事特質，讀之使人得以想像豳地移民開墾建設的壯闊情景。相較
於〈生民〉而言，也是周人先祖的公劉，不再像〈生民〉中的后稷一
樣，被塑造成半神半人的人物形象，而更近於現實生活中的人物。整
首詩的內容不再以充滿神話的歷史角度來敘述，而是以氏族對先祖的
崇拜熱情作為詩歌基調，每章都以讚美公劉作為起始，進而描述其帶
領周人舉族遷移、開拓荒野、建設美好生活的過程。詩中對公劉的讚
頌與描述，已呈現出初民對氏族開拓者的英雄崇拜之情，雖無西方史
詩式對民族英雄人物之個人行為的大肆鋪敘著墨，但對於周人初期開
拓史的活動則透過對公劉的概括性描述呈現出來，使公劉的人物形象
與氏族建設史緊緊聯繫在一起。如同張松如先生所云：「這種英雄行

〔註6〕自「篤公劉！匪居匪康」至「爰方啟行」（頁842～843）。
〔註7〕自「篤公劉！于胥斯原」至「革卑琫容刀」（頁843）。
〔註8〕自「篤公劉！逝彼百泉」至「于時語語」（頁844）。
〔註9〕自「篤公劉！于京斯依」至「君之宗之」（頁845）。
〔註10〕自「篤公劉！既溥既長」至「豳居允荒」（頁845～846）。
〔註11〕自「篤公劉！于豳斯館」至「芮鞫之即」（頁846～847）。

爲又是同整個周族的活動緊密聯繫在一起，因而呈現在我們面前的，更多的是那種渾淪、恢宏的部族整體形象，而不是鮮明的具有個性特點的個體人物形象〔註12〕」。作爲敘事詩而言，此詩與〈生民〉一樣，都呈現出基本的敘事特質。

〈緜〉一詩，主要是敘述公劉的裔孫古公亶父（文王的祖父）率領周族遷於岐周、開創王業之事；詩歌末尾連帶述及文王之事。詩分九章，首章敘述周民草創艱辛，連古公亶父也挖窯挖洞，「未有家室」〔註13〕。二章敘述古公亶父和妃子太姜來到岐山腳下勘查，準備率領部族人民遷徙至此原野居住〔註14〕。三章敘述岐周原野土地肥沃，連所種植的菫荼苦菜都像飴糖一樣甜美可口，龜甲占卜的結果亦說此地適合居住，於是古公亶父帶領百姓，準備「築室于茲」〔註15〕；第四章起至第七章，敘述人民在古公亶父的帶領下，在岐地安居下來，劃定田界、疏通溝渠、整治田疇，並大興土木，建立祖廟、建造宮殿、城牆等，有許多細部動作的刻畫——迺疆迺理，迺宣迺畝，自西徂東，周爰執事。乃召司空，乃召司徒，俾立室家，其繩則直，縮版以載，作廟翼翼。捄之陾陾，度之薨薨，築之登登，削屢馮馮。百堵皆興，鼛鼓弗勝。迺立皋門，皋門有伉；迺立應門，應門將將；迺立冢土，戎醜攸行。——勾勒出周民爲新生活歡欣勞動的景象〔註16〕；八章則筆鋒一轉，敘事情節採跳躍式設計，由先前對古公亶父的敘事，轉而敘述文王承繼亶父之業，

---

〔註12〕 詳參張松如《中國詩歌史》，頁71～72。

〔註13〕 自「緜緜瓜瓞」至「未有家室」（頁776）。公劉遷豳之後，經過九世的發展，進入古公亶父時期。此時的豳地，長期受到四周游牧部落的侵擾，影響了周族的安定與發展，於是古公亶父便率領部族南遷岐山，重新在此墾殖耕地、營建都邑。此舉與後來周族的興盛及滅商，有很大關係，故古公亶父被尊爲周族的"太王"，如《詩·魯頌·閟宮》所云：「后稷之孫，實維太王，居岐之陽，實始翦商」。

〔註14〕 自「古公亶父」至「聿來胥宇」（頁776～777）。

〔註15〕 自「周原膴膴」至「築室于茲」（頁777）。

〔註16〕 自「迺慰迺止」至「戎醜攸行」（頁777～780）。

國力強盛，使混夷驚駭逃竄之事〔註17〕；末章敘述文王德高望重，虞、芮二國也來請求他評判爭田之紛爭，文王遂以德行感召他們，並透過文王之口敘述其輔弼之大臣皆是國家難得人才來作結〔註18〕。全篇可說是將數百年之事以簡略數語收盡，主要敘述周族祖業開創時期的幾件大事，仍以概括性敘事筆法勾勒出人物、事件，雖在敘事上無法歷歷詳備，但亦已具備較完整的故事情節。且與〈生民〉、〈公劉〉相較，其情節的細部描繪，已增加更多動態性的敘事。

　　〈皇矣〉一詩，《詩集傳》說：「此詩敘大王、大伯、王季之德，以及文王伐密、伐崇之事。」故此詩事涉三代，所欲含括之歷史範疇更大，先述及太王（古公亶父）在周原墾闢定居，再述及王季繼續在此建設，末述文王伐密伐崇之事。詩分八章，首章敘述上天棄夏商而眷顧周族〔註19〕；二章敘述太王遷岐闢土立國之艱辛，及上天因太王之德行光明，能配天命，故輔佐他接受天命鞏固國家〔註20〕；三章敘述王季（文王之父）紹繼太王之業，友愛兄長，故受到上天的祝福，統治了四方；〔註21〕四章敘述王季的善行美德，足以使其為長為君，統治邦國、人民順服，並將其德行受之於文王〔註22〕。五、六章於敘述之中夾雜對話，敘述上天與文王之對話；並敘述密國人侵犯周之屬國阮國、共國與莒國，於是文王整頓軍隊，出兵救助此三國，最後文王打敗了敵人，定居於岐山之南、渭水之濱，為萬國之榜樣等之事〔註23〕。七章亦是透過上天與文王的對話，敘述由於崇國無道，上天遂命令文王聯合其兄弟討伐之〔註24〕。末章敘述文王討伐、消滅崇國的戰爭過程〔註25〕。此詩敘述

〔註17〕自「肆不殄厥慍」至「維其喙矣」（頁780）。
〔註18〕自「虞芮質厥成」至「予曰有禦侮」（頁780〜781）。
〔註19〕自「皇矣上帝」至「此維與宅」（頁793〜794）。
〔註20〕自「作之屏之」至「受命既固」（頁794〜795）。
〔註21〕自「帝省其山」至「奄有四方」（頁795〜796）。
〔註22〕自「維此王季」至「施于孫子」（頁796〜797）。
〔註23〕自「帝謂文王，無然畔援」至「下民之王」（頁798〜800）。
〔註24〕自「帝謂文王，予懷明德」至「以伐崇墉」（頁800〜801）。
〔註25〕自「臨衝閑閑」至「四方以無拂」（頁801〜802）。

太王、王季、文王遷岐立國之事,將宏大繁雜的歷史事件依時間先後鋪排,有始終亦有條理,於敘事上已具備一定的組織規模。

〈大明〉一詩,亦事涉三代,由王季、文王敘述至武王之事蹟。詩分八章,主要是以寫武王克商為主,但對於武王之祖(王季、文王)亦有所鋪陳。首章敘述唯有明德才可保天命,殷商失德故上天必使其滅之〔註26〕。二章敘述殷商屬國摯國之任氏,遠嫁來周國,跟隨王季,只做有德之事,故誕生了文王〔註27〕。三、四、五章敘述文王行事小心謹慎、德行光明,因此受到四方諸侯的愛戴,天命亦歸附於文王,於是上天替他選擇美麗有德之女子(太姒)以匹配之,文王並打造船隻,親自去渭河旁迎娶等事〔註28〕。六至八章則敘述文王受天命而生武王,武王又受天命而興師伐商之事;詩中描述殷商的軍隊戰旗如同森林般眾多,但武王秉持天命,毫無畏懼地誓師於牧野,太師呂尚如同勇猛的老鷹般輔助武王,並以迅雷不及掩耳的速度攻下了殷商等事〔註29〕。

以上這幾首詩歌,串連起來,可說是「一部雖不很長而亦極堪注意的"周的史詩"〔註30〕」,而"史詩"應是包含於敘事詩範疇內的〔註31〕,故這幾首詩亦是中國敘事詩之體現,但就其詩歌手法而言,雖然詩中有記載人物、事件、時間、空間等敘事特質,但與屈賦或漢賦等敘事詩相對而言,則顯得敘事較不詳細,敘事材料的組織上,並

〔註26〕自「明明其下」至「使不挾四方」(頁 768～769)。
〔註27〕自「摯仲氏任」至「生此文王」(頁 769～770)。
〔註28〕自「維此文王」至「不顯其光」(頁 770～771)。
〔註29〕自「有命自天」至「會朝清明」(頁 772～774)。
〔註30〕詳參陸侃如、馮沅君《中國詩史》,頁 41。
〔註31〕此處所稱的"史詩"並非援引西方史詩之意義,故詩中是否體現英雄色彩及宏大敘事規模,皆非考量依據。就詩歌本身內容來看,主要描述的是中國某一時期的重大歷史事件或人物,並以敘事的手法(詩中記載人物、事件)來表現的詩歌,皆可視為是中國的史詩,故《詩經》中以《雅》詩所佔的史詩份量最多。(關於史詩之觀念,請詳參本文第二章)

未充分運用"賦"的鋪陳敘述手法，在敘事上未充分呈現出鋪展開來敘述的特質，故在中國敘事詩史的歷程中，這幾首詩，可說是敘事詩雛形階段之作品；且由於都是有關開國歷史之記載，故皆洋溢著一股莊嚴歌頌的情調。再者，〈皇矣〉、〈大明〉產生的時代較〈生民〉、〈公劉〉、〈緜〉爲晚，由詩中所展現的內容來看，可看出詩中主角由"神人化"過渡至"聖人化"的軌跡，及歷史神話化色彩逐漸遞減的現象。神話傳說帶來的豐富想像力對於詩中故事情節的締造無疑是有加分的效果，但隨著人文思想逐漸替代原始部族的多神崇拜或神人崇拜，歷史英雄人物或開國君王的塑造便取而代之神話人物。

　　除了上述所舉被號稱爲周族史詩的五篇之外，《大雅》其餘詩篇〈崧高〉、〈常武〉、〈召旻〉、〈烝民〉亦是與周族歷史相關之記載。綜觀《詩經‧大雅》之詩，共三十一篇，大抵皆爲敘述周族歷史及王室公卿大夫之詩，就其內容來看，皆可說是敘事之詩。故陸、馮二氏於《中國詩史》中便說：「《大雅》中最成功的當推敘事的詩。當公元前12 世紀時，商族衰象已現，同時西方的周族卻漸漸興起，很有取而代之之勢。到前十一世紀，便實行滅商，而建立個新的國家。這些史迹，都保存在《大雅》裡〔註32〕」。茲將《詩經‧大雅》中所體現之敘事性色彩較濃厚的詩，綜括於以下表格，以求明晰：

【表5-1】《詩經‧大雅》敘事性色彩較濃厚的詩之舉要表

| 詩　名 | 所敘事件 | 人物及敘事過程概述 |
|---|---|---|
| 大　明 | 敘述周武王的祖父母王季、太任及父母文王、太姒，皆是明德之人，故誕生了有德的武王。武王興師伐商，乃是承應天命。 | 人物：上帝（"昭事上帝"）、王季、太任（"摯仲氏任"）、周文王、太姒（"鑽女維莘"）、武王、呂尚（"維師尚父"）等。<br>敘事過程：主要以寫武王克商爲主，但推本其父母、祖父母之事，以表達德行光明的一脈相傳，故得天命以翦商。對於牧野之戰的敘事筆法，僅以寥寥數筆，但卻將戰爭的壯闊場面，概括性地重點描繪出來。 |

〔註32〕詳參陸侃如、馮沅君著，《中國詩史》，頁40。

| 縣 | 敘述古公亶父遷於岐周，開創王業之事蹟。 | 人物：古公亶父、太姜、周文王、周族人民等。<br><br>敘事過程：主要是敘述古公亶父帶領百姓在岐周原野開墾田地、建設都邑的過程，並連帶述及文王紹繼亶父之業，打敗混夷、使鄰國歸附之事。 |
|---|---|---|
| 棫 樸 | 敘述周文王德行光明，人心歸附，得人才輔弼左右。 | 人物：周文王、左右大臣（"左右奉璋"、"髦士攸宜"）、文王軍隊（"六師及之"）等。<br><br>敘事過程：主要是分敘各種場面，以表達周文王身邊的人才濟濟：先敘述周文王的儀容端正，左右大臣都來輔助他→再敘述舉行祭祀時，助祭者皆是俊秀人士；出兵征伐時，六軍亦齊心跟隨之。 |
| 思 齊 | 主要在於塑造文王之美德形象。 | 人物：文王、周姜（古公亶父之妻）、文王母（太任）、文王妻（太姒）等。<br><br>敘事過程：先敘述周姜及太任的美好德行，及太姒繼承、效法她們的懿行，故與文王能兒孫滿堂→而後再敘述文王友愛兄弟、輔愛百姓、拔擢賢才，故國內災疫消弭、政通人和。 |
| 皇 矣 | 敘述太王遷岐闢土之艱辛、王季紹繼太王之業，統治四方及文王出兵救助屬國，伐密伐崇之事。 | 人物：上帝、太王（古公亶父）、王季、周文王等。<br><br>敘事過程：串連太王遷岐闢土、王季開疆拓土、文王伐密伐崇之周族大事。 |
| 靈 臺 | 透過事件以讚頌文王之美德。 | 人物：文王、百姓、鹿、鳥、魚等。<br><br>敘事過程：本意在頌讚文王，但非僅抽象頌美，而是經由敘事以托情。例如藉由文王建造靈臺，百姓紛紛像兒子般來幫忙；及文王在園林遊賞時，鹿兒不懼怕地在地上悠然閒臥，鳥兒、魚兒自得地悠遊身旁等描述，以側面化烘托出文王德澤百姓、恩及禽獸的人物形象。 |
| 文 王 有 聲 | 敘述文王及武王之功業。 | 人物：周文王、武王<br><br>敘事過程：敘述文王討伐邘國、崇國，建造豐城等事蹟；以及武王繼文王之功，遷都鎬京、設立學堂，四方歸附之事。 |

| 生　民 | 敘述周之始祖后稷的神奇誕生過程，及其有功於農業之事蹟。 | 人物：后稷之母（姜嫄）、天帝（"履帝武敏歆"）、后稷、牛、羊、鳥等。<br><br>敘事過程：敘述后稷自出生至經營農業、受封於邰邑、創立祀典的過程。其中關於后稷之母履神足跡而受孕懷胎的過程，及后稷出生後的成長過程，有神話式的生動描寫。農業豐收後，后稷準備祭祀的過程，也有詳盡的描述。幾件主要事件貫串成相續式的情節，儼然一部后稷傳。 |
|---|---|---|
| 公　劉 | 敘述公劉由邰遷豳之事蹟。 | 人物：公劉、公劉的臣子、周族人民等。<br><br>敘事過程：先敘述公劉遷豳之由及遷豳之準備工作→再敘述公劉翻山越嶺、不辭辛苦地勘察豳地，而後帶領百姓遷移到豳地，從者無不歡愉→之後，敘事進入建設居地的情節：公劉率眾建造宮室、宴饗群臣、開墾土地、修造房屋等，呈現出栩栩如生的動態敘事畫面。 |
| 蕩 | 假託文王責商紂，以刺厲王敗政亂國，有含沙射影之意。 | 人物：周文王、商紂王<br><br>敘事過程：以文王為敘事者，由其以口述的方式，反覆譴責商紂專橫貪暴的惡行。透過循環反覆的敘述方式，將紂王的人物形象塑造出來，並以「殷鑑不遠，在夏后之世」作結，暗示詩中所述紂王實指周厲王。 |
| 雲　漢 | 敘述周宣王因國土旱魃肆虐、旱災嚴重，雖誠心祈求天降甘霖，卻不得如願，憂旱懇切不已。 | 人物：周宣王<br><br>敘事過程：以第一人稱的口述方式，將周宣王求雨攘旱的心聲敘述而出。起始先描述久旱無雨的景象；再以迴環反覆敘述的方式，將當時旱象酷烈、宣王憂心如焚、虔誠祭祀、天地神明及先祖神靈卻都無法救助的無助憂心娓娓敘述出來。 |
| 崧　高 | 敘述周宣王對申伯尊寵有加之種種事蹟。 | 人物：周宣王、申伯、召伯、尹吉甫、傅御（"王命傅御"）等。<br><br>敘事過程：先敘述申伯是四嶽之神所生，為周之棟梁，再以反覆迴旋的章法結構，串連各事件（宣王命令召伯為申伯修築謝城、建造宗廟、堪定住宅、整治田地、遷其家臣，又賜予申伯路車、四牡、鉤膺、介圭等厚禮），成為連貫的情節，以備述宣王對申伯的尊寵有加。 |

| 烝 民 | 敘述仲山甫的德行及周宣王命仲山甫前往齊國築城平亂之事。 | 人物：仲山甫、周宣王、尹吉甫<br><br>敘事過程：以尹吉甫爲敘事者，敘述上天降生了仲山甫，以輔佐周宣王→而後敘述仲山甫得宣王重任，恪盡職守治理國家的情形→最後再敘述仲山甫奉宣王命令，騎著四匹別著鸞鈴的公馬前去東方齊國築城。 |
|---|---|---|
| 韓 奕 | 敘述韓侯前來接受周王之冊命，成爲統領北方各國的方伯，及其娶妻之過程。 | 人物：韓侯、顯父、韓侯妻（韓姞）、蹶父等。<br><br>敘事過程：先敘述韓侯入覲受命、天子賞賜種種華美物事→再韓侯歸國前，顯父隆重款待之過程→並大力鋪陳韓侯娶妻之過程。敘事手法主要是串連韓侯一生中的重要事件，展現出其一生之風光。 |
| 江 漢 | 敘述召虎受到周宣王的重用，平定淮夷凱旋而歸的過程。 | 人物：召虎、周宣王、周族將領與軍隊。<br><br>敘事過程：敘述召虎奉命由江、漢出征討伐淮夷，將士在其率領下表現英勇，凱旋而歸→召虎奏報周宣王後，王又命其開疆闢土，直至南海，並勉其賡續先祖召康公腳步，輔佐君王、爲國盡忠，又賜給召虎美酒、山林土地等→最後以召虎作器銘恩以作結。 |
| 常 武 | 敘述周宣王親征徐方，凱旋而歸之事。 | 人物：南仲、太師皇父、周宣王、尹吉甫、程伯休父、徐國軍隊、周族軍隊等。<br><br>敘事過程：敘述周宣王調兵遣將，準備遠征徐方→再敘述周王軍隊之英勇陣仗，威嚴從容的模樣，使徐方軍隊震驚不已、驚恐萬分→最後敘述周王軍隊節節進逼，最後戰勝徐方，凱旋而歸之情形。 |
| 瞻 卬 | 敘述周幽王寵愛褒姒將致亡國之事。 | 人物：周幽王、褒姒<br><br>敘事過程：先敘述周國上下人民困苦、害蟲侵害莊稼的情形→再敘述周幽王奪人奴隸、侵佔人民土地之惡行→而後再突出褒姒的人物形象，認爲一切禍害都是來自於如同兇惡貓頭鷹的褒姒所引起，以致國內賢人奔逃、人民困苦，國家即將面臨滅亡等。 |

　　上述《大雅》中較有敘事色彩之詩，雖有人物、事件、情節等敘事特質，但整體而言，詩歌在敘事結構的設計上，常遷就於反覆唱誦、回環往復的某些特定語句，此雖有利於詩歌的傳唱，但相對地亦影響

了敘事的開展及打斷整體故事情節連貫相續的效果。此點則在詩經之後的楚辭或漢賦等辭賦的敘事表現，有了較明顯的改變，在敘事表述上，逐漸減少詩歌中反覆歌頌或回環往復的表現方式，故在敘事上更具“講故事”的效果。

　　此外，《小雅》的敘事詩表現亦不多讓於《大雅》，例如〈出車〉、〈采薇〉、〈六月〉、〈車攻〉、〈吉日〉、〈鴻鴈〉、〈黍苗〉等篇。茲再將《詩經・小雅》中所體現之敘事性色彩較濃厚的詩，綜括於以下表格，以求明晰：

【表5-2】《詩經・小雅》敘事性色彩較濃厚的詩之舉要表

| 詩　名 | 所　敘　事　件 | 人　物　及　敘　事　過　程　概　述 |
|---|---|---|
| 伐　木 | 敘述酒餚樂舞宴饗兄弟朋輩之事。 | 人物：宴客主人、受邀親友等<br>敘事過程：敘述主人宴請親朋諸友的情景：敘述主人將酒去糟，釀成清酒以宴客，又烹調肥嫩羔羊及各種美食，以宴饗親朋長輩。為使客人盡興，主人又是表演擊鼓，又是帶頭跳舞地，想將場面弄得熱鬧滾滾→透過事件的敘述，塑造出主人熱情好客之形象及宴會現場喧鬧熱烈的氣氛。 |
| 采　薇 | 敘述征夫久戍邊防禦敵，後得以返鄉歸家之事。 | 人物：征夫<br>敘事過程：以第一人稱的倒敘筆法追敘出戍原因及思歸之憂苦。起首先敘述因為玁狁來犯，詩中主角因而被徵召上戰場，此時正是薇菜破土而出之時→再敘述行軍過程中，又饑又渴，內心又極度思鄉念家，卻因駐地遲遲未定，無法託人回家探問的憂愁；時序進入初冬十月，薇菜已又老又粗，兵役卻仍未休止→而後戰爭開打，一月三戰三捷→最後，思緒由回憶中回到現實，轉述歸途情景，發現今昔風光迥異，時光的倏忽流逝及離家已久的感慨，使征夫黯然神傷不已。 |
| 出車 | 讚美南仲征伐玁狁凱旋之詩。 | 人物：征夫、南仲、玁狁軍隊<br>敘事過程：本詩的“敘事者”切換多次，事件的場景亦轉換多次。起首先由南仲自述其奉宣王之命出車征伐玁狁→而後敘事者切換為征 |

| | | |
|---|---|---|
| | | 人，征人自述受命於天子，在此戰事中輔佐南仲→而後，戰爭結束，征人在回鄉途中，憶起當初出征時黍稷正當抽穗，如今卻已是飄雪紛飛的季節→敘事者轉為征人妻子，以自述口吻述其憂心忡忡等待夫君平安歸來的心情→最後，故事情節再跳躍回南仲平定玁狁，凱旋而歸的歡欣情景。 |
| 杕　杜 | 敘述征夫思歸之事。 | 人物：征夫、征夫妻子<br>敘事過程：起首由征夫自述久戍在外、歸期無定、揣想妻子在家必很憂傷→而後又過了一些日子，役車已破舊、戰馬亦疲憊，但歸期仍是未定，征夫自述其父母必也很悲傷→最後，敘事者切換為征夫妻子，由妻子自述丈夫遲遲未歸，令己無限憂傷，占卜算卦並用，卻仍未見遠行之人歸來。 |
| 六　月 | 敘述尹吉甫奉王命出征，凱旋而歸之事。 | 人物：尹吉甫、玁狁軍隊<br>敘事過程：起首由尹吉甫自述玁狁猖狂，軍事緊張，於是奉王命出征之由→而後敘述其出征前挑選戰馬、裁製戰服等準備工作→再敘述周族上戰場的戰馬魁武高大、體長背寬，必能征服玁狁，凱旋而歸→再敘述玁狁不自量力，竟然佔據了焦穫、侵犯鎬國及方國→但周族戰車穩穩當當，戰馬健壯且訓練有素，將玁狁一路驅逐至太原→末了敘述尹吉甫凱旋而歸，天子賞賜優渥。 |
| 車　攻 | 敘述周宣王打獵之事。 | 人物：周宣王、各諸侯、隨行軍士<br>敘事過程：起首先以宣王自豪口吻自述獵車堅固、公馬強壯高大，準備東行打獵的欣喜之情→而後敘事者切換為詩人自身，敘述出發之前，宣王清點士兵、豎起旌旗、奔馳至敖地打獵的情形。其中對於打獵裝備之描述頗為著墨→最後敘述獵畢而歸，軍容整齊之情形。 |
| 鴻　鴈 | 使臣感嘆奉王命安置流民，卻反遭非議之事。 | 人物：使臣、流民<br>敘事過程：起首先敘述窮苦孤寡之人無家可歸，流離失所，令人悲憫→再敘述奉王命前去築牆造屋，使流離百姓終於有了安身之處→再敘述費盡辛苦安置流民，知其內心者，感其劬勞奔波；民不能知者，卻頗有煩言，謂其宣驕。 |

| 十月之交 | 周大夫感嘆幽王寵豔妻、用小人，致天災人禍頻頻發生。 | 人物：周大夫、皇父、褒姒等 |
| --- | --- | --- |
| | | 敘事過程：先敘述十月開頭時，日食又發生了，令敘事者擔憂天時不正，百姓將受苦→再敘述四方諸侯無善政、不晉用忠良，難怪發生日食景象→再敘述江河氾濫、山冢崩壞、高岸爲谷、深谷爲陵，大地一片駭人景象，必是上天所示之災異，卻沒有人肯正視國政的紊亂→再敘述豔妻得寵，小人得勢，而皇父爲首→再敘述皇父違背農時，毀壞百姓屋宇與田地，營建私邑，卻說一切都是禮法規定→再敘述皇父結黨營私、貪婪奸詐，在向地建了大都市，所挑選的三卿，都是有錢人，卻無一個可守護君王→再敘述敘事者自身勤於王事，卻無辜被讒，感嘆百姓的災難非從天而降，乃是小人所爲也→最後敘述自己雖內心憂愁仍不敢休息，以安命盡職作結。 |
| 楚茨 | 敘述周王祭祖之過程〔註33〕。 | 人物：周王、祭祀者、司儀、神巫、廚役執事、君婦、孝孫、家臣、同姓父老兄弟、樂隊等。 |
| | | 敘事過程：先敘述糧倉已堆滿所栽種的黍和稷，遂用來釀酒、做飯，以祭祀祖先→敘述祭祀之過程（祭祀者穿戴整齊、清洗牛羊、宰割烹飪、燒烤牛羊、司儀在廟門開始祭奠、祖宗先靈已來此享祀、神巫品嚐祭品後，給予祝福之詞，助祭來賓互相敬酒，酒杯交錯碰撞、大夥談笑歡欣等）→祭祀完畢後，鐘鼓奏響，孝孫退回原位，司儀傳達神意，告知「神靈皆已喝醉」神巫也起身回去，眾多家臣與主婦趕緊撤下祭品，同姓父老兄弟開始歡聚在一起享用祭食，樂隊開始進入寢廟演奏，酒菜齊備，大家酒足飯飽後，皆盛讚祭祀美盛以作結。 |

〔註33〕《詩序》曰：「〈楚茨〉，刺幽王也。」但孫鑛《批評詩經》云：「氣格閎麗，結構嚴密。寫祭事如儀注，莊敬誠孝之意儼然。」綜觀全詩內容，確實無諷刺幽王之意，而全以祭祀美盛爲主，故以本詩爲敘寫周王祭祖之過程爲詩旨。

| 信南山 | 敘述周王祭祖之過程。 | 人物：周王、祭祀者等 |
| | | 事件：事件與〈楚茨〉略同。先敘述其子孫效禹力耕→再敘述雨水充足、土地濕潤，莊稼生長茂盛→再敘述收成穀物後，祭祀者釀酒做飯、醃製瓜果、宰殺公牛、敬獻鮮血與脂膏等，準備祭祖，以求福壽。 |
| 甫　　田 | 敘述周王祭祖之過程。 | 人物：周王、祭祀者等 |
| | | 敘事過程：以周王為敘事者，自述其於豐年時去田畝視察，拿出隔年的陳糧以犒賞辛勤的農人，並召見田官誇獎他→敘述其用潔淨的黍稷及純色的羊以祭祀社神與方神（土地神、四方神），並彈琴敲鼓，迎接農神，祈求好雨降臨，黍稷豐收→敘述農夫帶著老婆、小孩送飯到田間，田官很高興地叫左右隨從讓開，親自嚐嚐是否可口。滿地的莊稼長得很好，令人欣喜→最後描述收成的莊稼堆得很高，糧倉千座，充滿黍稷，並以祈求上天賜予大福來作結。 |
| 大　　田 | 敘述周王祭祖之過程。 | 人物：周王、祭祀者等 |
| | | 敘事過程：事件依春、夏、秋三季依次進行。先敘述春天時選好種籽，修好農具，開始播種耕作→再敘述夏天時，莊稼已經抽穗、逐漸堅硬成熟，且田祖有靈，能幫助農人把螟蟲、螣蟲等害蟲都除掉，不使其危害作物→再敘述秋天時，公田裡下起雨來，農人搶著收割嫩穀，並把殘留的禾把、穀穗，留在田裡給寡婦→最後再敘述豐收之後，周王子孫舉行祭祀，宰殺紅毛牛、黑毛豬及黍稷以祈求年年豐收作結。 |
| 賓　之初筵 | 描述縱酒失度之人的情態。 | 人物：宴會主人、賓客、射夫、醉漢等。 |
| | | 敘事過程：先敘述宴會開始後，賓客皆井井有序地入席，射夫亦已聚攏，準備以射中紅心，而求得杯酒→樂隊開始演奏，主人進入宴廳向客人敬酒→敘述賓客未喝醉時，都是舉止端莊之樣；喝醉後，卻開始舉止輕狂，離開座席到處流竄，甚至隨意跳起舞來，表情也輕侮放肆起來，又是喊叫、又是胡鬧地，將食物弄亂，將皮貌歪戴等許多酒後失態樣全出籠→最後以勸誡之語氣希望醉漢能自制，毋輕慢禮節來作結。 |

| 黍　苗 | 敘述周宣王封申伯於申，並命召伯率師前去替申伯整治土地等事。 | 人物：周宣王、申伯、召伯<br>敘事過程：起首即敘述召伯奉王命，勞苦辛勞地率師南行→代軍士發言，敘述召伯所率之軍隊拉車、趕牛、驅車、徒步奔波之辛勞→最後敘述申伯的田地都已平整、山泉河流都已清淨，召伯總算完成任務，周王的心也得到安寧來作結，以暗示大軍得以回鄉。 |

　　《小雅》中的這些敘事詩，較之前所列舉的《大雅》敘事詩而言，是時代較晚的作品，若將這些詩歌有次序地鋪排來看，則周人東遷以前歷史，大致可得出一發展輪廓。不過，上述所列大小《雅》詩篇，雖具敘事色彩，但在敘事過程中，形式上往往於各章首幾句重複疊沓，造成詩歌循環往復的音律節奏感甚強〔註34〕，此對於敘事的完整連貫性不無影響，顯然當時作詩時，是將音樂性考量凌駕於敘事性之上〔註35〕。

　　再者，《雅》詩中的這些雛形敘事詩，雖意在以詩述事或以詩頌事，但於"事件"的描述或"人物"的塑造上，往往不夠具體詳細，常予人籠統感，顯然當時的敘事手法，主要在於將事件的"主幹"呈

〔註34〕例如〈雲漢〉：「旱既大甚，蘊隆蟲蟲……旱既大甚，則不可推……旱既大甚，則不可沮……」；〈伐木〉：「伐木丁丁，……伐木許許……伐木于阪……」；〈鴻鴈〉：「鴻鴈于飛，肅肅其羽……鴻鴈于飛，集于中澤……鴻鴈于飛，哀鳴嗷嗷……」；〈節南山〉：「節彼南山，維石巖巖……節彼南山，有實其猗……」；〈出車〉：「我出我車，于彼牧矣……我出我車，于彼郊矣……」；〈杕杜〉：「有杕之杜，有睆其實……有杕之杜，其葉萋萋……」等。

〔註35〕元朝吳澄《校定詩經・序》云：「朝廷之樂歌曰雅，宗廟之樂曰頌，於燕饗焉用之，於朝會焉用之，於享祀焉用之，因是樂之施於是事而作爲辭也。然則風因詩而爲樂，雅頌因樂而爲詩，詩之先後於樂不同，其爲歌辭一也。」詩、樂關係本就密切，劉大杰《中國文學發展史》即認爲：「時代愈是古遠的作品，他與樂舞的關係愈是密切。如頌以及雅中的一部，大都是當代的樂官與貴族知識分子爲樂而作的歌辭。」（頁35）故《雅》詩中爲求音律節奏感而循環複疊的詩歌形式，乃是創作時之主要考量，而敘事之功能，則需配合此主要考量以裁剪。

現出即可，而並未考量將事件發展具象化，例如對於出征或戰爭當下的敘述，往往僅幾筆帶過，而戰爭中的鐵馬金戈、廝殺錚鳴的血腥殘酷等動作畫面或緊張情節之描述，則往往省略〔註36〕，是故呈現出的往往是雍容和雅、溫柔敦厚的敘事風格。此方面或許是因為廟堂之樂本就有其創作風格導向〔註37〕；也或許是因為周人尊禮重德勝於武事之因，故對於戰爭之描述，往往輕描淡寫地帶過，而無意鋪敘過多使之具象化〔註38〕。但到了戰國時，南方楚國崇鬼神、好淫祀之風與殷商尊神事神之作風雷同，故表現在敘事詩上，顯然有不同的色彩，例如對於鬼神奇麗詭譎的描述或誇張渲染式的鋪陳敘事，顯然較《詩經》時的敘事手法，有更多恣肆揮灑的空間，再例如同樣是對於戰爭的描述，〈國殤〉中對於激烈戰事之敘述，也顯然較《詩經》中敘述戰爭之尺度為寬為深，此一方面是敘事手法之進步，一方面亦是文化思想影響文學風貌之故。

〔註36〕這種傾向，其實並不僅止於《雅》詩，整部詩經皆是如此。

〔註37〕《詩經》中除了從民間採集而來的民歌之外，還有一部分是貴族文人所作，這些詩歌基本上是奉命所作或有意敬獻，本是為了政治目的。無論是採集而來，或敬獻而來，編定後的《詩經》在整體面貌的呈現，自是符合上層階級怨而不怒、溫柔敦厚的詩教作風，故孔子說詩可以"興、觀、群、怨"。

〔註38〕《禮記‧表記》云：「殷人尊神，率民以事神，先鬼而後禮……周人尊禮尚施，事鬼神而遠之，近人而忠焉。」（（清）阮元校刻，《十三經注疏》，北京：中華書局，1980 年，頁 1642）。有此可知，周人認為"天命靡常，惟德是親"，「德性」思想可說是周人中心思想，"尚德不尚力"的思想反映在敘事詩上時，對於祖先崇敬追慕之情自然大於征戰武力的描述，故〈大明〉一詩中敘述攸關商、周歷史關鍵的牧野之戰時，僅有數句帶過，不將篇幅用於敘述戰事之上；而〈車攻〉是敘述方叔奉命南征蠻荊之詩，卻只是敘述方叔出征時的裝備之盛與治軍之嚴，對於戰爭中的詳細場面也是略而不言，此皆可看出周人以"德"為尚的文藝思想。此外，周人重現實勝於幻想的特質（近人而遠鬼神），反映在詩歌中時，對於天神人格化的描述自然也興趣缺缺，故《詩經》中所出現的神（上帝）往往只是一"敬德者"的化身，性格較為單一，而無《楚辭》中諸神近於人格化的特徵，更無西方荷馬史詩中性格極為鮮明，充滿愛怒喜好的人格神特質。

　　就敘事詩史而言，《雅》詩只顯現出初步的敘事技巧，詩中雖有敘事材料，但就敘事結構的安排或敘事技巧而言，並未如後代敘事詩之成熟表現，可說是處於敘事詩雛形發展階段。但值得注意的是，就詩歌功能而言，“敘事”、“記事”的功能似乎早於“抒情”之功能，例如以《詩經》中產生年代較早的《雅》詩來看，其整體表現，似乎抒情、言情的功能尚未純熟展現，不若後期出現的《國風》表現爲佳。就詩歌整體而言，《雅》詩在內容上之呈現，顯然是敘事多於抒情。所以，陸侃如、馮沅君先生便認爲《小雅》中所出現的抒情詩應是受到《國風》興起後之影響，二氏於《中國詩史》中便說：「風詩興起後，雅詩受其影響；同時也可看出抒情詩爲《二雅》中最晚出的作品，故技巧上最成功。〔註39〕」二氏的看法雖是肯定後出轉精的抒情詩，較初期的敘事詩在藝術技巧上更爲精彩；但一方面亦不啻說明了《詩經》中，抒情詩較敘事詩更爲晚出之事實。

　　雖然無法一一考據《詩經》各篇年代，但就形式和內容來看，一般是認爲《周頌》全部和《大雅》的大部分都是西周初年的作品，而《大雅》的小部分與《小雅》的大部分是西周末年的作品；《國風》的大部分與《魯頌》、《商頌》的全部則是東遷後至春秋中葉的作品〔註40〕；故基本上《雅》詩大多較《國風》爲早〔註41〕。既然如此，那麼仔細研究《雅》詩，尤其是《大雅》之作品，將可發現一值得注意的課題：以敘事表述爲主的《大雅》，豈非象徵中國詩歌起源於敘事功能？以往中國文學史對於詩歌史之看法，論及《詩經》時，

〔註39〕詳參陸侃如、馮沅君著，《中國詩史》，頁44。
〔註40〕詳參游國恩等主編，《中國文學史》上冊，頁29。
〔註41〕十五《國風》中列在西周的只有《豳風》和《檜風》，其餘之時代都較爲晚出。《豳風》產生時代雖早，但其詩歌表現較之同期雅、頌的文學技巧爲高，可能是因爲這些歌謠雖然產生得早，但它們被記錄和播之於管弦的時期卻比較晚，在流傳中不斷被加工潤飾，最後寫定的時候，已經是文學技巧比周初進步得多的時代了。（詳參中國社會科學院文學研究所中國文學史編寫組《中國文學史》（一），北京：人文文學出版社，1984年，頁25～26）

大都只注意以"抒情"表述爲主的《國風》，而忽略《雅》、《頌》，即便有論及《雅》詩者，也大都只注意被號稱爲周族史詩的〈生民〉、〈公劉〉等那幾首詩，而忽略了《詩經》中所顯現的"詩歌發展歷程"。但細加審視自《詩經》開始，歷經《楚辭》，至漢詩（包含漢賦）的早期詩歌發展歷程，可以發現敘事詩之發展，呈現愈來愈興盛的現象，且由《詩經》中之大小《雅》觀之，可知敘事詩之源起比抒情詩來得早，此可說是符合一般世界文學史的發展現象。總之，一部《詩經》所涵蓋的自周初至春秋中期五百多年的詩歌發展史，其中實是有一段興起卻又式微但從未間斷的敘事詩史存在其間，對於研究中國文學史或詩史者而言，此課題實值重視。

此外，《詩經》中除了大小《雅》的含事量較高外，《頌》詩雖大多是以抽象頌美代替敘事的描述，但亦有一些敘事詩值得注意，例如時代最早的《周頌》，其中的〈載芟〉、〈良耜〉對於鋪敘農事的豐收與祭祀過程，便有極爲鮮明生動的敘事畫面。而《詩經》中時代較晚的《魯頌》、《商頌》，亦有值得注意的敘事詩，例如《魯頌》中的〈泮水〉與〈閟宮〉，及《商頌》中的〈玄鳥〉、〈長發〉與〈殷武〉等。〈泮水〉乃是讚頌魯僖公平定淮夷，在泮宮設宴慶功之詩；詩中對於魯僖公親臨泮宮的情形及宴會中的盛況以敘事筆法層層鋪陳，可說是《頌》詩中別具一格者。〈閟宮〉爲《詩經》中篇幅最長者，其中的敘事結構可說是《詩經》中極爲成熟的表現，亦爲《頌》詩之變格，吳闓生《詩義會通》便云：「鋪張揚厲，開漢賦之先聲。」可見其鋪陳敘事的成功。〈閟宮〉主要在於頌揚魯僖公能繼承列祖、安邦興業之事，詩分八章，起首由姜嫄誕生后稷寫起，「赫赫姜嫄，其德不回。上帝是依，無災無害。彌月不遲，是生后稷。」再敘述后稷出生後上帝降下百福、賜給五穀，使他教導百姓種莊稼，繼承大禹事業，擁有天下土地：「降之百福，黍稷重穋，……俾民稼穡，有稷有黍，奄有下土，纘禹之緒」，而後接著敘述后稷的遠孫古公亶父的從豳地遷徙至岐地的事蹟，再敘述至文武時代討伐商紂的事蹟；經過這些前代歷史的鋪

陳醞釀，接著才將詩中主角魯僖公接續在後登場：「王曰：『叔父，建爾元子，俾侯于魯。大啓爾宇，爲周室輔。』乃命魯公，俾侯于東。錫之山川，土田附庸。周公之孫，莊公之子。」詩中敍述周公之子伯禽被周成王分封在東方爲侯的緣由與過程，而後再敍述魯僖公舉行祀典的過程，並述及魯僖公討伐戎、狄、荊、舒，開疆拓土之事。〈閟宮〉從魯國的發祥、分封至抗敵拓疆等，一氣呵成，敍事含量較之〈大雅〉中的那幾篇史詩而言，在結構與份量上，都展現出較具規模的組織，由此可看出敍事詩由西周初年發展至春秋時期，敍事手法已逐漸成熟的軌跡。此外，《商頌》的〈玄鳥〉、〈長發〉與〈殷武〉三首詩，亦是體現一定程度的史詩性，主要是藉由祭祀先王先公敍述了商契降生、商湯立國、伊尹輔佐等事蹟。故由這些詩歌的內容來看，可知敍事詩的緣起初期，主要是以記事、頌事之功能爲主，至於敍事藝術的講究，則並非時代所關注之焦點。

## 二、《國風》的敍事表現及抒情主旋律

《國風》詩篇大抵以抒情性居多，但亦有一些是以事抒情的敍事詩。若將《雅》《頌》與《風》中之敍事詩相較，可以發現《雅》《頌》所敍之事多爲與國家大事相關者，屬於官方記事；而《國風》所敍之事則大多爲細民瑣事，屬於個體經驗，故傅修延先生將之區分爲"宏大敍事"與"私人敍事"：

> "宏大敍事"（grand narrative）與"私人敍事"（private narrative）是一對對立統一的敍事範疇，題材重大、風格宏偉的史詩以及許多類似的官方記事應該屬於"宏大敍事"，而建立在個體經驗基礎上的記事無疑屬於"私人敍事"。《詩經》中《雅》、《頌》的大部分詩篇可歸於"宏大敍事"，而收詩160篇的《國風》則主要是"私人敍事"。……《詩經》的一個非常了不起的敍事貢獻，在於將"私人敍事"引入官方渠道，使其獲得廣泛的傳播與消費。〔註42〕

〔註42〕詳參傅修延著，《先秦敍事研究》，頁107～108。

傅修延先生主要是就《詩經》中的含事傾向來區分“宏大敘事”與
“私人敘事”，換句話說，也可說是“官方敘事”與“民間敘事”。
如其所云，《雅》、《頌》中之敘事詩者，確實大多是記敘國家大事等
宏大之史事爲主，尤其是《大雅》。而《國風》中有敘事色彩之詩，
則大多是以細民瑣事爲主，體現出民間生活情態與心聲，故可說是傾
向於私人敘事。

　　此外，傅修延先生又認爲《國風》中的“私人敘事”主要是呈現
出一種“感事”色彩，且超過了一半以上的篇幅：

> 《詩經》中“私人敘事”超過了一半以上的篇幅，個體遭
> 遇所占的分量如此之重，使三百篇中的敘事呈現出濃郁的
> “感事”色彩。所謂“感事”，即帶著強烈的情感傾向來
> 敘事，情感的衝動撞擊時常影響著敘事的完整，以致抒情
> 性成爲外顯的主要特徵。但是用“抒情詩”這樣名稱來概
> 括十五《國風》與《小雅》中的部分詩篇是不合適的，因
> 爲抒情地敘事就本質來說仍是敘事，雖說這種敘事常爲情
> 感沖淡乃至淹沒，但核心還是行動和行動中的主體，抒情
> 性只是附著其外的美麗毛羽。〔註43〕

本文已於第二章中辨明，中國敘事詩的特徵之一，便是敘事雜糅抒
情，以“事”來抒“情”本就是中國敘事詩的特徵，只是詩中除了流
盪之情感外，必有人物與事件呈顯其間，而篇幅長者，往往情節的設
計或鋪陳較爲縝密；而篇幅短者，則往往以概括性、精鍊性的情節來
將事件呈現出來。通觀《國風》所收之詩，可發現若以本文所述明之
敘事詩特徵來檢視敘事詩之有無，則爲數並不多，大多詩篇仍是以抒
情謳歌的直抒胸臆方式來表述，而非透過事件的陳述來抒情，故對於
上述引文所說之「《詩經》中“私人敘事”超過了一半以上的篇幅」，
似有其待斟酌之處。

　　此外，高永年先生於《中國敘事詩研究》中亦說

---

〔註43〕詳參傅修延著，《先秦敘事研究》，頁111。

> 《詩經》中的不少詩篇，開我國的漢語詩"敘事"之先河。
> 其中，以敘"史"為主的莊嚴沈著的一派和以敘述"凡人
> 小事"為主的生動自在的一派，各領風騷，從不同的側面，
> 影響著我國敘事詩此後的發展，共同生發了我國古典詩歌
> 的敘事傳統。〔註44〕

誠如其所言，就《詩經》所顯現的敘事詩來看，概括而言，確實是呈現出敘史為主的莊嚴敘事一派，此應以《雅》、《頌》為代表；而另一派則為敘述凡人小事為主的生動敘事一派，此又以《國風》中的敘事詩為代表。為求明白《國風》中之敘事詩表現，茲將詩中有記敘人物、事件，帶有敘事手法，敘事性較為濃厚之詩篇羅列於下，以求明晰：

【表5-3】《詩經·國風》敘事性色彩較濃厚的詩之舉要表

| 詩　名 | 所敘事件 | 人物及敘事過程概述 |
|---|---|---|
| 野有死麕 | 敘述山鄉男女由懷春、相悅到偷情歡悅之事。 | 人物：少女（"有女懷春"）、英俊小伙子（"吉士誘之"）。<br><br>敘事過程：起首先敘述有位少女懷春，一位吉士為了逗弄她，討她歡心，便以潔淨的白茅包裹住獵得的死獐，送給她→再敘述吉士又將死鹿以白茅包裹送給此位純潔如玉的少女，以討她歡心→最後模擬少女的口吻，對吉士說：「慢慢地、輕輕地，不要掀動了我的佩巾，也不要讓狗叫出聲呀！」來作結。詩歌僅分三章，篇幅不長，但提取生活片斷，採用跳躍式的情節營造出吉士追求少女的過程，並勾勒出初戀少女既興奮又緊張的神情，末章則藉由少女對吉士的呢喃，引人遐想兩人偷情歡悅之事。 |
| 擊　鼓 | 敘述衛國士卒跟隨將軍公孫子仲出征，戰事結束後，仍被 | 人物：衛國士卒、士卒之妻、將軍公孫子仲等。<br><br>敘事過程：起首先敘述戰鼓咚咚作響，士兵操練兵器、挖土築城之戰爭景象→再以第一人稱的方式，由衛國士卒自述其奉命跟隨將軍公孫子仲的大軍南征，平定陳、宋兩國的戰亂，但戰事結束後，將 |

〔註44〕詳參高永年著，《中國敘事詩研究》，頁8。

| | 羈留戍守在外，不得回鄉之事。 | 軍卻不帶他回國，讓他整日憂心忡忡→再敘述其被迫戍守在外，但卻又丟失了馬，更加重思歸不得的愁苦處境→而後以倒敘手法，敘述昔日夫妻執手立誓的恩愛畫面，以襯托如今相隔遙遠、不得相見的生離處境。全詩敘事以白描手法，不斷變化場景，顯現出時間的流逝，以加速情節的發展，將小人物的內心世界藉由戰事刻畫出來。 |
|---|---|---|
| 谷　風 | 敘述無情丈夫重色絕情，另結新歡，將妻子趕出家門之事。 | 人物：棄婦、棄婦前夫及其新娶之婦。<br><br>敘事過程：通篇以第一人稱敘事，起首由棄婦自述夫妻應該黽勉同心，不應該生氣發怒，來暗指其丈夫的不當對待，並回憶新婚之初同生共死的誓言言猶在耳，如今卻要被趕出家門→再敘述棄婦被趕出家門時，丈夫只是匆匆送到門檻即回頭，但她的步伐卻重得邁不開，並數落丈夫與新歡親密之樣，使她更加心傷→再敘述自己為丈夫生兒育女，受難吃苦地辛苦持家，但丈夫卻凶悍粗暴地對待她，所有勞苦活兒都推給她，最後更為了與新婚共築愛巢而拋棄她，甚且前往她的魚梁、打開魚簍將魚帶走，完全不顧她的日後生活。詩中敘事進程與情感交織緊密，將棄婦之淒涼景況與丈夫無情嘴臉勾勒逼真。 |
| 簡　兮 | 敘述一女子暗戀舞師之事。 | 人物：女子、舞師<br><br>敘事過程：起首先敘述萬舞開場的壯觀場面，以突出站在隊伍最前頭的舞師→再敘述舞師在宗廟前帶頭表演武舞，左手執籥、右手握著野雞尾羽，瀟灑地舞動著，臉色一片紅潤，使女子更加心儀。舞罷後，衛君賞賜美酒給他→最後再以女子對舞師的愛慕之情作結。全詩以描摩舞師矯健舞姿及英武之氣的敘事畫面最為生動。 |
| 泉　水 | 敘述衛女遠嫁諸侯，思歸不得之事。 | 人物：衛女、陪嫁姊妹<br><br>敘事過程：起首以倒敘筆法切入，敘述衛女回想當時遠嫁之後思念故土，與陪嫁姊妹訴其思國之事→再敘述其出嫁他鄉，中途棲宿在沶與干，內心卻開始懷念故土親人，想念著家中的父母、大小姑媽與大姊等，恨不得調轉車頭直奔回衛國→最後思緒拉回現實，敘述如今只能以出遊來排解思鄉之情以作結。全詩為突出思鄉之情切而自出嫁之事依序述起，敘事抒情水乳交融。 |

| 北門 | 敘述一小官吏不堪貧困、差役繁重及家庭壓力內外交困之事。 | 人物：小官吏<br><br>敘事過程：以小官吏爲敘事者，以第一人稱自述自己生活貧困，卻無人瞭解其艱辛→再敘述在外爲王事差役所逼，回到家卻又受到家人輪番的指責逼迫，使他深覺「莫知我艱」。最後發出了「已焉哉！天實爲之，謂之何哉！」的無奈慨嘆。全詩雖無具體細節的描述，但卻以在外、在內的不得休息、指責接踵而至，形象化地概括出一辛苦生活的小官吏心聲，可說是"意識流"的敘事手法。 |
| --- | --- | --- |
| 靜女 | 敘述男女幽會之事。 | 人物：靜女、男子<br><br>敘事過程：以男子爲敘事者，起首先敘述有一文靜女子約他在城上角樓相會，卻故意躲藏起來，讓他抓著頭皮來回徘徊不已→再敘述見面之後，女子送他彤管表達情意→最後敘述因爲覺得女子很美所以連她送他的嫩茅草，也使他覺得格外美麗以作結。全詩以簡單的情節，突出男女幽會之情景，並將男子「搔首踟躕」的憨厚模樣維妙維肖地勾勒出來。 |
| 載馳 | 敘述許穆夫人憂心娘家衛國，亟欲馳歸回國，爭取外援拯救祖國之事。〔註45〕 | 人物：許穆夫人、許國大夫臣子<br><br>敘事過程：以許穆夫人爲敘事者，自敘其憂國之情。起首以「載馳載驅，歸唁衛侯，驅馬悠悠，言至於漕」的圖像化呈現，烘托出許穆夫人策馬狂奔，亟欲回國之情狀。再以「大夫跋涉，我心則憂」來表達她擔憂即便驅馬回國，許國大夫也必會在途中攔截她，不讓她趕回祖國，思及此令她憂愁→再反覆悲嘆自己與許國大夫意見相左，得不到奧援的處境→再想像自己已回到故鄉的原野上，看見麥苗長得旺盛；並思考著應當請求哪個大國來救助衛國。最後發出悲嘆，請求許國的大夫君子，不要再責難她，即便大家能想出一百個主意，不如讓她親自回國一趟更好來作結。全詩以假想將所將發生之事件依次鋪陳而出，使主角內心之憂思透過敘事更完整地詮釋出來。 |

〔註45〕許穆夫人是衛宣公之子頑與後母宣姜私通所生之女，長大後遠嫁許國。魯閔公二年，狄人破衛師，衛國國勢頗危，許穆夫人聞訊後心憂祖國，亟欲奔馳回國，慰問暫居漕邑的兄長文公，並積極設法爭取外援援救祖國。但其心願因礙於當時禮制而不得實現，故以此詩述其憂國之情。

| 氓 | 棄婦敘述丈夫始愛終棄之事。 | 人物：棄婦、棄婦之夫、棄婦之兄弟等。<br><br>敘事過程：通篇由棄婦以第一人稱敘事，起首先追憶丈夫婚前追求她之經過，由「氓之蚩蚩，抱布貿絲」點明丈夫之身分，由「匪我愆期，子無良媒，將子無怒，秋以爲期」、「不見復關，泣涕漣漣。既見復關，載笑載言」幾句將棄婦婚前溫柔痴情的模樣刻畫得極爲逼眞→而後敘述婚後三年以來，她每天吃苦受罪，早起晚睡、不辭辛勞地工作，甚至連白天黑夜都分不清楚，但日子才剛剛稍微好轉一些，丈夫卻已「至於暴矣」，對她兇狠粗暴起來，「士貳其行，士也罔極，二三其德」說明了丈夫的變心與行爲的反覆無常，而「于嗟女兮，無與士耽」、「女之耽兮，不可說也」則將在感情中受創的女子心靈表達出來→最後再敘述將從婚變創傷中走出來，忘懷這些不堪回首的生活。本詩敘事手法，融合抒情、敘事與議論，情節隨著回憶與現實交錯進行，人物思緒之迭宕起伏隨場景的變化而展現，將棄婦自戀愛至丈夫見棄的過程交代出來，如泣如訴，淋漓盡致。 |
|---|---|---|
| 將仲子 | 敘述戀愛中的女子，面對家庭與社會流言的壓力，在愛與畏之間徘徊的故事。 | 人物：仲子、女子、女子的父母與哥哥們等。<br><br>敘事過程：詩分三章，以戀愛中之女子爲第一人稱敘述整個事件過程。起首先呼告女子戀人"仲子"不要再翻越她家的里門、不要壓斷她家的杞樹等，實在是父母的責難令她爲難。「仲可懷也」直抒女子內心對所愛之思念，「父母之言，亦可畏也」、「畏我諸兄」則又表明她所承受的家庭壓力→「無踰我里，無折我樹杞」、「無踰我牆，無折我樹桑」、「無踰我園，無折我樹檀」，以複疊的形式，呈現出男子三番兩次翻牆到她家的情形，使抽象的追求過程以一具體的動態動作概括出來。而「豈敢愛之？畏我父母」、「豈敢愛之？畏我諸兄」、「豈敢愛之？畏人之多言」則以層遞手法將女子內心的壓力由點述及面，由家庭述及社會，烘托出女子在戀愛中的矛盾、痛苦。 |

| | | |
|---|---|---|
| 大叔<br>于田 | 敘述年輕貴族外出遊獵之過程。 | 人物：叔（年輕貴族）〔註46〕<br><br>敘事過程：以第三人稱的敘事方式，敘述有一年輕的貴族，駕著四匹大馬，執韁繩之動作極爲俐落，馬匹之步伐亦如舞蹈般富有節拍。當他來到沼澤地，綿延的火把一併點燃，他赤手空拳地與老虎搏鬥，並順利了制服老虎，再將之獻給公（另一貴族）→而後再敘述年輕貴族射獵之精準與駕車技藝之精良→最後以年輕貴族的馬放慢了腳步、他所發的箭逐漸減少及把弓藏進了弓袋，作爲遊獵已盡來作結。此詩分三章，各章敘事結構複疊重沓，層層鋪陳遊獵過程與年輕貴族的人物形象，頗有漢賦先聲之態，姚際恆《詩經通論》便云：「描摩工豔，鋪張亦復淋漓盡致，便爲〈長揚〉、〈羽獵〉之祖。」 |
| 清人 | 敘述鄭國將領清邑人高克及其軍隊被鄭文公命令戍守黃河之濱，不得其歸之事。 | 人物：高克所率駐軍<br><br>敘事過程：詩分三章，以第三人稱敘事角度反覆敘述清邑人駐守在黃河邊之事。詩歌句型仍採複疊重沓之形式，起首敘述士兵駐守在黃河之濱的彭，駕著四匹馬所拉的車，馬身上都披著護甲，兵士手上的兩支長矛都飾有用羽毛做成的纓絡，士兵們一派逍遙地在黃河邊遨遊→而後再敘述士兵駐守在黃河之濱的消及軸，並重複戰馬披上護甲，士兵手上的長矛都有裝飾之，最後以士兵們駕著戰車左旋右轉地遊戲來作結。據《左傳・閔公二年》記載，鄭文公厭惡其將領高克，時值狄人侵衛，與衛一河之隔的鄭國憂懼狄人渡河來犯，文公便命令高克率兵駐守在黃河之濱，直至狄人退兵，文公仍不召回高克。士兵遂在黃河水濱駐紮地鎮日遊手好閒，最後高克投奔陳國，士兵也潰散而歸鄉。故詩中的「河上乎翱翔」、「河上乎逍遙」、「左旋右抽，中軍作好」，便在於刻畫士兵在駐地閒散無事之貌。 |

〔註46〕《詩序》以爲此篇是刺莊公縱弟叔段恃勇勝衆之事，但細度全篇，並無此意。且《詩經》中所出現之「叔」字非僅此一見，如〈邶風・旄丘〉之「叔兮伯兮」，乃泛指兄弟；〈鄭風・蘀兮〉之「叔兮伯兮」，乃指所愛；故此詩之「叔」擬參考滕志賢、葉國良先生《新譯詩經讀本》之看法，視其爲"年輕貴族"。

| 女日雞鳴 | 記敘恩愛夫妻日常生活中有趣的片段。 | 人物：妻與夫<br><br>敘事過程：以第三人稱敘事法敘述，起首先敘述妻子聽到雞鳴後，催促丈夫起床出外射獵。丈夫顯然不想離開溫暖的被窩，便回答妻子說「天還未亮」，但妻子再度催促丈夫起身探看夜色，於是丈夫順其心意將外出打獵，並向妻子說射到野鴨與大雁將帶回來→再敘述妻子回答丈夫說如果射中了野鴨大雁，她將替他烹煮菜餚，舉杯對飲，並表明願與夫白頭偕老的心意→而後再敘述妻子向丈夫述其以佩玉相贈，以報答丈夫對己之體貼疼愛來作結。全詩皆以對話構成，由對話中鋪敘出人物情態與情節進展。雖是精鍊化的概括情節，但卻極為生活化地將恩愛夫妻家庭生活的幸福樣態勾勒出來。 |
|---|---|---|
| 溱洧 | 敘述鄭國少男少女於春日同遊溱洧二水畔，參加上巳日之民俗活動之事。 | 人物：鄭國少女、少男<br><br>敘事過程：以第三人稱敘事法敘述，起首先敘述溱水與洧水一帶，於三月上巳之日正在舉行招魂續魄，祓除不祥的民俗活動，少女少男手上都捧著芳香蘭草。一位少女主動向一少男說：「觀乎？」但少男不解風情地回說：「既且」，表明已經看過了。少女仍進一步邀約：「且往觀乎！」透露出少女對少男的喜愛之情。而後再敘述少男少女們在活動中互相逗樂嬉鬧，臨別時互贈勺藥之事。全詩皆以白描敘述，於鋪敘中插入男女對話，將少男少女相邀遊於溱洧之事巧妙地敘述出來。 |
| 雞鳴 | 敘述妻子催促丈夫早起以上早朝之事。 | 人物：妻與夫<br><br>敘事過程：以第三人稱敘事法敘述，起首先敘述妻子向丈夫說丈夫雞已鳴叫，朝廷裡必已站滿了人，催促丈夫趕緊上早朝。丈夫卻回說只是蒼蠅之聲罷了→再敘述妻子向丈夫說東方已明，朝廷裡必熙熙攘攘了，再度催促丈夫上早朝。丈夫卻回說那只是月光而非日光→最後以妻子向丈夫說飛蟲轟轟作響，我願和你同入夢鄉，可是上早朝的即將回家，可別為了我讓你被責罵來作結。全詩仍以皆以對話構成，由對話中鋪敘出人物情態與情節進展。由對話過程之中，尤其可以想見作妻子的情急之貌與擔憂之神情。 |

| 駟驖 | 敘述秦公率子遊獵之事。 | 人物：秦公、秦公公子<br><br>敘事過程：以第三人稱敘事法敘述，起首先敘述秦公帶著寵愛的小公子，駕著四匹黑馬，一同出遊去打獵→再敘述獸官驅趕出應時獸供秦公涉獵，秦公教子如何射獵，喊道：「左之！」一箭就射中了野獸→再敘述射獵完畢後，秦公與子到北園遊玩，「四馬既閑，輶車鸞鑣，載獫歇驕」描摹出遊獵罷悠遊自得之狀。 |
|---|---|---|
| 七月 | 記敘豳地農人一年四季勞作之事。 | 人物：豳地農人<br><br>敘事過程：詩分八章，篇幅廣長，以「七月流火」起首，敘述四季之氣候與所應之農事→再敘述春日少女沿著鄉間小道摘採嫩桑及擔憂將遇領地公子帶回凌辱之不安→再敘述農婦養蠶、積麻、染織，為公子染製衣裳之過程→再敘述秋收方畢，農人仍須外出打獵，以為公子製作冬天毛裘及敬呈野味給公子→再敘述農人塞北窗、修補柴門，準備和老婆小孩過冬→再敘述農人四季辛勤耕耘，還得採苦荼、砍樗柴，以養活自己→再敘述秋收之後，農人還得去修築宮室，白天割茅草、晚上搓繩索，不敢怠惰勞役，因為不久之後，當春天來臨，又得忙著播種百穀→最後敘述嚴冬來臨時，農人為貴族鑿冰，以及歲末宰殺羔羊、飲酒慶祝之事。全詩通篇鋪陳敘事，以月令為經，農事勞役為緯，以白描筆法將農人一年四季的勞作之事依次鋪敘而出。 |
| 東山 | 敘述出征之士東征三年後，終於得以回家之事。 | 人物：東征之士及其妻<br><br>敘事過程：以第一人稱敘事法敘述，起首先敘述自己出征到東山去，久久不得歸鄉，如今終於得以歸來，暗自慶幸從此以後可穿百姓的衣裳，不用再上戰場→而後以想像筆法，敘述東征之士想像出征已久，家裡必是殘破荒敗之景象，田地也必因無人耕作而成了野鹿場→隨著回鄉的腳步，東征之士再想像妻子在屋裡嘆息，翹首期盼自己的情狀，並將出征已三年的時光點明出來→最後以回想當年妻子當新娘時的模樣，結著母親所打的配巾，乘著黃馬、棗紅馬，打扮得漂漂亮亮地出嫁過來；而如今分隔三年，妻子不曉得變得如何了來作結。由末章的描述，暗指新婚不久，還未熟悉彼此，詩中主角即被徵召入伍之情形。全詩敘事手法，以歸鄉路程為背景，透過詩人的聯想與回想，將事件與情節呈現出來。 |

　　上述表格主要是以《國風》中具備較爲完整敘事結構之詩篇爲主來進行分析，共計十八篇，而有些詩篇，雖具敘事材料，但並不具備較爲完整的敘事結構，則不擬採入〔註47〕。故若以比例上而言，《國風》共計一百六十篇，則帶敘事性之詩仍是明顯偏少，其主旋律應是以"抒情"表現爲主。

　　再者，《國風》的產生時代較晚，就敘事表現而言，確實可以看出有些詩篇的敘事手法較之《大雅》、《周頌》之敘事詩更爲成熟之處，例如〈氓〉、〈谷風〉與〈七月〉，皆可說是箇中傑出者。而與《國風》一樣時代較晚的《魯頌》，其〈閟宮〉之敘事手法，也可見出其更具規模。凡此，皆可看出敘事詩後出轉精的歷程。

　　但總體而言，以《詩經》三百多篇的份量來量化分析，本文就《風》、《雅》、《頌》所勾稽而出的敘事詩，畢竟在比例上仍是嫌少。且由《詩經》中詩篇之時代先後來看，時代較早的《周頌》與《大雅》，自是呈現出以敘事爲主的局面；晚一點時代的《小雅》，其詩篇雖有敘事，但比例上而言已減少許多；可見西周早期的詩，統治階級的敘事詩佔了主要地位。之後，時代最晚的《國風》與《魯頌》、《商頌》，則就詩歌內容表現而言，已是抒情取得主流地位。故就《詩經》整體篇章觀之，實可勾稽出戰國以前源起於敘事而後以抒情爲主的詩歌歷程。

## 第二節　浪漫主義敘事詩在戰國兩漢的蓬勃發展及其文學主流地位

　　《詩經》的句式體制變化不定，雖有三言、四言、五言、六言、七言等之表現，但大多是以四言短句爲主的句型組織。《詩經》中，有民間歌謠也有貴族文人之作品，有抒情的歌唱，也有敘事的詩篇，這段戰國以前的詩歌發展史，可說是已將"賦"、"比"、"興"的詩歌作法發展完全了。

〔註47〕例如〈何彼襛矣〉、〈君子偕老〉、〈碩人〉、〈叔于田〉、〈葛屨〉等。

　　《詩經》為北方黃河流域開創了詩歌的現實主義風格，之後，約距三四百年左右的光景，在戰國後期，位居南方長江流域的楚國，出現了以屈原為代表的詩歌，締造了中國詩歌史上繼詩經之後的另一高峰。二者之間在文學發展的源流與相互的影響上，雖有其相關的聯繫，但在詩歌內涵與外在形式、風格上，則有很大的不同。

## 一、浪漫主義敘事詩在戰國時期的獨領風騷

　　詩歌進入戰國之後，詩歌形式不再侷限於詩經時代以四言詩為主的表現，而大多以七言為主，且長句較多、句法靈活多變，在詩歌篇幅上，較之以往明顯增長許多，更便於敘事抒情。《詩經》中雖已有敘事詩，但在文學詞藻或語言風格上，大體是呈現質樸清新的氣息，且篇幅多半不長，故簡略敘事或精鍊化的敘事手法，常是其特色。我們在前一節的分析中，已述明《詩經》整體而言，仍多半是以抒情為主的。但到了戰國時，屈原在創作上自創新體，開創了浪漫主義借敘事以逞情的詩風，使戰國時期的中國敘事詩風格帶有浪漫主義式的奇詭瑰瑋、幻化多變的特質，賦予戰國時期的詩歌較之以往不同的風貌。

　　由殷商到西周，宗教觀念由「先鬼而後禮」轉變至「事鬼神而遠之」，故在《詩經》中，我們可以看到周人重現實勝於幻想的特質，反映在詩歌中時，即便出現所謂的“上帝”，也只是一“敬德者”的化身，並沒有具體的人物形象化描述，顯然因為儒家人文思想的關係，崇鬼祀神的濃厚宗教味已為敬天之人文宗教思想所取代，此時的“天”或“上帝”，並無多少個性化的顯現，而只表現為德性的化身〔註48〕。這多少是因為周文化中的人文思想較之殷商時期已

---

〔註48〕例如《大雅‧文王》：「假哉天命！有商孫子。商之孫子，其麗不億。上帝既命，侯于周服。……無念爾祖，欲脩厥德。永言配命，自求多福。」便是說明上帝將天命給予有德的周人，讓他們佔有了殷商的子孫，並勉勵周人要修養自己的品行，才能永久符合天命，得到很多的福祿。又，《大雅‧大明》：「明明在下，赫赫在上。……維此文王，小心翼翼，昭事上帝，聿懷多福。」說明了有光明的德性在人間，就會有榮耀顯現在天上，如同文王處事小心謹慎，用光明的

有很大的進步。但處在南方的楚國,巫術迷信的宗教風氣卻非常流行,一方面是導源於殷商文化的影響〔註49〕,另一方面是因為楚國高山大澤、雲霧繚繞變化萬千的自然環境很適合神鬼思想與宗教迷信風俗的發展。故楚國信鬼神重淫祀的風俗,自然孕育出很多各式各樣的神話傳說,這些在屈原的筆下,都成為一幕幕引人遐想,充滿想像性的人神交織世界。而無論是為了抒發心緒而運用的敘事手法,或是所謂的意識流敘事手法的運用,都可以發現《楚辭》〔註50〕中的敘事比例更多且敘事手法更為成熟,較之《詩經》而言,有更顯著的進步。在屈賦中,我們可以發現,因為詩歌篇幅的擴大,更有利於敘事之鋪敘描寫;且楚國豐富的神話傳說或濃郁的宗教色彩,也使屈原筆下的人物充滿幻想性,更富於故事性色彩;再者,屈原浪漫主義式的文學風格,也使其敘事詩不同於《詩經》中所洋溢的現實主義風格〔註51〕。

　　劉大杰先生曾說:

> 屈原的現實主義是同他的突出的浪漫主義結合起來的,浪漫主義是他的藝術的主要力量。屈原的九歌、離騷、招魂等代表作,具體地體現了積極浪漫主義的特色。他的作品,充滿了光明的理想,豐富的幻想,狂熱的感情,美麗的文采,再織入神話傳聞、宗教風俗的各種描寫,形成那一種

---

德性來侍奉上帝,於是招來了許多福氣。再如《周頌·敬之》:「敬之敬之,天維顯思,命不易哉!無曰高高在上,陟降厥士,日監在茲。」便是說明要敬慎警惕自己的行為,因為上帝一直在天上監視著我們的行為是否符合光明的德性。

〔註49〕楚國在江淮流域一帶,很早就與殷商的文化發生關係。殷商被周族滅亡之後,它的文化分為兩支,一支在北方周人的統治下融合、發展,一支則在宋楚的南方繼續發展。故楚國文化與殷商的淵源極深。

〔註50〕這裡所說的《楚辭》,主要是指屈賦,《楚辭》中所收的那些漢代作品,不在論述之列。

〔註51〕據顏元叔主編《西洋文學辭典》"Realism 現實主義"條目云:「概括地說,指表現出忠於事實的文學:籠統可用作似真性(VERISIMILITUDE)的同義詞;……選用的題材都是普通平凡而日常可見的」(頁620)。

> 特有的風格。劉勰在辨騷一文裏，說屈原諸作，有詭異、
> 譎怪、狷狹、荒淫四事異於經典，不知道這正是屈原的積
> 極浪漫主義文學的特色。〔註52〕

劉大杰先生認爲屈原的詩歌，具體地體現了積極浪漫主義的特色，但
對於浪漫主義與敘事詩之關係，則並無探討。我們可以說戰國時期的
敘事詩，正是以屈詩那種浪漫主義藉敘事以逞情的詩風爲代表的。爲
明瞭“浪漫主義”與中國敘事詩發展之關係，我們先簡述“浪漫主
義”在歐洲興起的發展概況。

　　所謂“浪漫主義”，是十八世紀後期在歐洲所興起的一種文學思
潮，是西方近代文學最重要的文學思潮之一。但作爲一種文學類型與
創作方法的“浪漫主義”一詞，則是廿世紀初由西方文學中譯介而來
的。據《大英百科全書》記載，英文的“浪漫主義”（Romanticism）
一詞是從“浪漫傳奇”（romance）派生而出的，而“romance”又是
自古法語詞彙“羅曼史”（romans）演變而來的。所謂“romans”，
是指中世紀的敘事作品，大多是描述一些風流韻事或充滿理想、洋溢
詩意的愛情故事。故“romance”，在歐洲文學史上，乃是專指中世
紀關於愛情、騎士及冒險主題的傳奇故事。作爲一種專門性的文學體
裁，中世紀的“浪漫傳奇”（romance）在人物刻畫或文學表現手法
上的特質，後來便爲十八世紀浪漫主義者所繼承並進而擴大成爲一文
學風潮〔註53〕。故瞭解中世紀“浪漫傳奇”的文體風格，實有助於進
一步理解浪漫主義之一般特徵。

　　一般而言，中世紀的“浪漫傳奇”可概括爲以下幾個文體風格：
（1）荒誕離奇、充滿想像力的故事情節以及超現實的人物形象描繪
（2）誇張渲染與鋪陳手法的善用（3）象徵手法的運用（4）故事大
多違背常理，可說是對於嚴肅理性的人生觀之挑戰。總括而言，充滿
想像力、離奇怪誕的描寫、隨心所欲的夸飾、無時空界線的描述，往

---

〔註52〕詳參劉大杰著，《中國文學發展史》，頁121～122。
〔註53〕詳參大英百科全書之“浪漫主義”條目。

往是中世紀"浪漫傳奇"寫作手法的主要特徵〔註54〕，而這些特徵也為十八世紀末所興起的"浪漫主義"風潮所承襲。

此外，浪漫主義之興起，可說是針對十八世紀歐洲「新古典主義」(Neoclassicism)而產生的一種反動。在歐洲，最先燃起浪漫之火向新古典主義的教條挑戰的是法國的盧梭(Rousseau)。十八世紀中葉左右，歐洲興起一股被號稱為「新古典主義」的文學主張，當時有些知識份子對於巴洛克(Baroque)與洛可可(Rococo)的華麗裝飾風及路易皇朝頹廢的生活形態極度不滿。他們主張文學及藝術應具備道德性、聖潔性、單純性、邏輯性、清晰性等，並對古希臘羅馬時期的文學、藝術緬懷復古之情，希望回返到當時的美學精神。「新古典主義」者認為一切皆需"循理依法"；以文學來說，例如詩的韻律格式不但應有成規定則，舞台戲劇的情節亦要避免流血或暴力的情節，總之，所有的文學都應合時宜、講分寸，注重道德的教育性意義。以是之故，新古典主義的文學觀念認為作家應將"個人性"的觀點隱藏起來，避免抒發作家個人主觀論點〔註55〕；亦即試圖藉由文學與藝術把現實提升為古典的理想，強調復古精神，不強調清晰的個人風格，著重表現性而非想像性。而此時，有一批文學家、藝術家卻對當時的主流「新古典主義」感到反感，他們認為「美」並不一定就是均衡、優雅、道德、理性、靜態的；他們反對新古典主義制式化的文學規格做法，認為創作中缺少人性與自發性的創造是不可取的，他們注重文學中強烈的情感與想像力，以及最重要的"創作自由"，他們追求將自身的情感、信念、希望和恐懼，以各種形式表現出來，故尋求人性束縛的解脫及擺脫理性約束的桎梏，肯定"想像力"的神思馳騁在文學中的獨特地位；在文學創作上，他們汲取了中世紀浪漫傳奇的文學技巧並進而形成具體的主張。這股思潮後來更形成一股強大的文學運動，首先在德國，繼而在英、法、美以至全歐洲蔓延開來，這就是所謂的"浪

〔註54〕詳參大英百科全書之"浪漫傳奇"條目。
〔註55〕詳參蔡源煌著，《從浪漫主義到後現代主義·浪漫主義》，頁3～4、6。

滿主義"風潮之歷史由來〔註56〕。

　　上述是對於西方"浪滿主義"的簡略說明。現在回歸到中國文學史的角度來看：在戰國時期，自然無所謂"浪漫主義"這一語詞或概念，但概念或理論的形成，往往是後人將前人作品或材料歸納整理後，所得出的觀念；在理論或概念未正式定名前，並不代表前人的作品中完全無體現此一概念（或理論）的作品。故以詩歌的發展史而言，由西周至春秋的《詩經》時代，作品大多體現現實主義精神，而較少表現爲天馬行空式的想像及充滿作家自身主觀、感性色彩的浪漫主義創作手法。但時代進入戰國之後，敘事詩在屈、宋身上得到很好的發揮，他們充分運用浪漫主義的寫作技巧，使詩中的想像力及個人色彩均極爲濃烈。我們現在所稱的文學作品中含有浪漫主義色彩，主要是就作品內容的呈現、表現手法或風格來談，蔡守湘先生於《中國浪漫主義文學史》中便說道：

　　　　中國古代用以概括浪滿主義文學創作特徵的概念，不是
　　　　"浪漫主義"這個字眼，而是諸如奇、幻、夸、誕、怪、
　　　　異、虛、詭之類的語詞。例如莊子的浪漫主義被《莊子·
　　　　天下篇》的作者概括爲"謬悠之説，荒唐之言"，並説"其
　　　　書雖瑰瑋，而連犿無傷也"，"其辭雖參差，而諔詭可
　　　　觀"。"謬悠"、"荒唐"、"瑰瑋"、"諔詭"等詞，
　　　　含意雖不盡相同，其意蘊則都指向奇詭變幻、恣肆放縱的
　　　　浪漫主義精神。屈原是中國古代第一位偉大的浪漫主義詩
　　　　人，對於屈原作品的浪漫主義特徵，劉勰在《文心雕龍·
　　　　辨騷》中概括爲"詭異之辭"、"譎怪之談"、"狷狹之
　　　　志"、"荒淫之意"即所謂"異乎經典"之"四事"。前
　　　　二事指屈原之作多用神話與傳説，幻想奇譎；後二事則指
　　　　屈原強烈的個性特徵。中國古代文論，對於文學史上一些

〔註56〕詳參張心龍著，《新古典浪漫主義之旅》，台北市：雄獅，1998年初
　　　　版。利裏安·弗斯特著，李今譯《浪漫主義》，北京市：昆侖，1989
　　　　年。

浪漫主義特徵鮮明突出的作家作品，有著十分精闢的論
述，它們所使用的術語大都不離奇幻夸誕等字眼。〔註57〕
上述引文說明了中國文學中表現浪漫主義色彩者，在古代文論中大多
以"奇、幻、夸、誕、怪、異、虛、詭"之類的語詞概括之，因為這
一類的文學大多表現出超現實色彩及充滿想像力、幻想性，打破現實
與虛幻之間的界線。再者，我們雖援引西方浪漫主義之語詞來說明屈
原敘事詩中所體現的浪漫主義色彩，但所取汲的含義並非就其名相定
義上完全的套用，而是就其內在精神之相通而言——例如作品中洋溢
作家個人強烈情感、大肆鋪陳想像力所建構的世界圖像或百態等——
畢竟，中西方對於浪漫主義作用於文學上之表現，仍是有所區別的：

中國古代文論中，對於浪漫主義文學的批評，不僅強調其
夸誕奇幻的一面，還十分注重奇幻夸誕的描寫背後所蘊藏
的現實基礎，即要求"奇"中有"正"、"幻"中有
"真"、能從"詼詭譎怪"之中體察出"人情物理"才是
上品。這一浪漫主義的批評標準與批評方法，應該說是劉
勰首先正式提出來的。他在《辨騷》一文中評敘《離騷》
的內容以及論述如何學習借鑒《楚辭》時，正是這一標準
與方法的具體運用。在《離騷》的內容評述中，他既強調
了它"同於《風》《雅》"之處，亦指出了它"異乎經典"
之事，然後他作出結論說："觀其骨鯁所樹，肌膚所附，
雖取鎔經意，亦自鑄偉辭。"……從《楚辭》的藝術經驗
中，劉勰總結出了浪漫主義文學必須具有深厚的現實生活
基礎、華美的藝術形式與充實的現實內容相統一的藝術標
準。……李陽冰論李白之詩云："凡所著述，言多諷興。"
姚文燮《昌谷集注序》說，李賀之作詩，"寓今托古，比
物征事，無一不為世道人心慮。"他的"鬼才"、"鬼語"
並非純屬荒誕不稽，而是"其命辭，命意，命題，皆深刺
當世之弊，切中當世之隱"。……寓真實於奇幻夸誕，"馳

---

〔註57〕詳參蔡守湘主編，《中國浪漫主義文學史》，武漢：武漢出版社，1999
年8月第一版，頁11。

想天外，幻迹人區"。中國古代許多優秀的浪漫主義文學
作品都不同程度地符合著這一藝術標準。……歐洲中世紀
的浪漫傳奇，其題材的來源往往是古代的歷史傳說，貫穿
作品的情節線索一般是愛情故事以及騎士們的冒險經歷，
且故事的背景也帶有濃厚的異域情調。而中國古代的浪漫
主義文學，不論是題材來源上還是作品的藝術構思上，都
有不同於西歐浪漫傳奇的民族特點。首先，中國古代的浪
漫主義文學，其題材並非都來自於實際存在過的歷史傳
說，而主要是來自於心靈的創造。所謂心靈的創造，是指
那些用於浪漫主義文學創作的素材，都有一定的思想來
源。大致說來，這種思想來源主要有三：一是遠古的神話
與傳說，這是華夏先民對於自然與社會所作的幼稚的解
釋。如精衛填海、女媧補天、夸父逐日等等均屬此類。……
二是道家與道教所宣揚的超凡脫俗的神仙思想。這類題材
包括蓬萊方丈、赤松瑤臺、仙窟幻境以及洛神宓妃、高唐
神女的形象等。……三是佛教所宣揚的因果輪迴、善惡報
應思想。這類題材包括陰曹地府、水府龍宮、神狐鬼怪等
內容。……中國古代浪漫主義文學的藝術構思也與西方浪
漫主義文學有所不同。兩者雖然都是把幻想與虛構建立在
打破時空界線的基礎上，但中國浪漫主義文學的突破時空
界線，則與上述題材來源密切相關，表現為人間、冥境與
神界的互通。就抒情作品而言，是"麟游龍驤，不可控制。
秕糠萬物，瓮盎乾坤。狂呼怒吼，日月為奔。或入金門，
或登玉堂。東游滄海，西歷夜郎。心觸化機，噴珠涌璣"。
就敘事作品而言，則是幽明互接、陰陽對轉、人妖互變、
神人雜糅，迥異於中世紀歐洲的浪漫傳奇，把故事推向遠
古與異域。〔註58〕

由以上之說明可知中國浪漫主義展現於文學中，主要表現為三大特
徵：（1）十分注重奇幻夸誕的描寫背後所蘊藏的現實基礎，即要求

---

〔註58〕詳參蔡守湘主編，《中國浪漫主義文學史》，頁 14～15、17～19。

"奇"中有"正"、"幻"中有"眞",寓眞實於奇幻夸誕(2)題材
並非都來自於實際存在過的歷史傳說,而主要是來自於心靈的創造,
表現爲人間、冥境與神界的互通(3)以華美的藝術形式將奇幻的想像
與現實的生活統合爲一體。這與西方浪漫主義之定義,自然在某些創
作精神上有其相通處,但在作品的題材來源或藝術構思上,仍有不同
於歐洲浪漫主義之處,顯現出中國文學特有的民族特點。值得注意的
是,綜合中西方浪漫主義之取向而言,可以發現到二者都強調當浪漫
主義運用在敘事作品時,對於故事情節的展現,可發揮的空間往往更
大更多元,因爲憑藉作者的創造力與想像力,敘事可在現實與虛幻間
任意遊走,體現出充滿幻想性、奇幻怪誕的故事情節;此無異於肯定
浪漫主義之創作手法利於敘事文學之展現,特別是在發揮"想像力"
方面。故若以此觀點來探究戰國時期屈、宋之詩,則自然可於詩中發
現敘事性與浪漫主義之完美結合,因爲屈、宋之詩歌手法,總是寓抒
情於敘事之中,打破現實與非現實之隔閡,將奇麗幻想交織於現實世
界之中,創造出人神雜糅、迷離奇幻的敘事圖像。以是之故,戰國時
期的詩歌表徵,可說是完全呈現浪漫主義敘事詩獨領風騷之局面。

　　關於屈原詩歌的敘事性及其運用浪漫主義進行創作的手法,我們
於第三章中已多所說明,諸如以自傳筆法雜糅奇幻情節的敘事詩風
格、人神雜糅的敘事內容,以及運用華美的修辭藝術、散文化傾向的
詩歌形式,將內心強烈情感托之以象徵的、鋪陳的敘事筆法,以求更
淋漓盡致地借敘事以抒情等,皆可說是屈詩浪漫主義敘事詩的風格,
故此不再贅述。至於宋玉詩歌的敘事詩屬性及其浪漫主義特色,茲補
充概述於下,以進一步證實戰國時期以浪漫主義敘事詩爲主流發展的
詩歌路向。

　　宋玉作品中的〈高唐賦〉及〈神女賦〉,敘事性極爲鮮明,雖然
二賦的作者及著作時代問題,歷來爭論不休〔註59〕;但簡宗梧先生在

---

〔註59〕例如崔述《考古續說‧卷下‧觀書餘論》,認爲〈神女〉、〈登徒〉必
　　　　非宋玉所作,但他僅以「戰國以前帝王聖賢之事,爲後人所託言者,

《漢賦史論》中以音韻詳細考辨二賦之撰成時代，認爲二賦在音韻上符合先秦韻例，不妥合兩漢韻例，故應是屬於先秦時代的作品而非漢人所僞託，並針對前人所提二賦非宋玉作之疑點予以評析，指出前人於論證上的邏輯錯誤，並將著作權還歸於宋玉〔註 60〕；因其論述精闢，且舉證詳實，故本文採其說法，將此兩篇作品視爲戰國時期宋玉之作品。而因爲此二賦的故事性色彩濃厚，且爲詩歌屬性，故本文認爲此二篇作品亦應作敘事詩看待。加以此二篇作品皆以浪漫主義敘事手法來創作，故亦進一步證實戰國時期以浪漫主義敘事詩爲主流之現象。茲論述宋玉這兩篇敘事詩的浪漫主義特色於下。

〈高唐賦〉及〈神女賦〉在題材上及創作手法上，以民間神話傳說高唐神女的故事爲基礎，以充滿想像力的幻想式敘事筆法鋪陳出敘事結構，故亦是充滿浪滿主義之色彩的敘事詩。〈高唐賦〉起首之序，有段描述楚懷王與巫山神女歡愛之故事：

> 昔者，楚襄王與宋玉遊於雲夢之臺，望高唐之觀。其上獨有雲氣，崒兮直上，忽兮改容，須臾之間，變化無窮。王問玉曰：「此何氣也？」玉對曰：「所謂朝雲者也。」王曰：「何謂朝雲？」玉曰：「昔者先王嘗遊高唐，怠而晝寢。夢見一婦人曰：『妾，巫山之女也，爲高唐之客。聞君遊高唐，願薦枕席。』王因幸之。去而辭曰：『妾在巫山之陽，高丘之阻。旦爲朝雲，暮爲行雨。朝朝暮暮，陽臺之下。』旦

蓋不可勝道矣。」來推翻宋玉之著作權，並未羅列充足之證據（台北：藝文印書館，百部叢書集成，畿輔叢書本，頁 5～6）。再如陸侃如〈宋玉評傳〉及劉大白〈宋玉賦辨僞〉，皆認爲除了〈九辯〉、〈招魂〉外，其餘掛名宋玉賦者，皆是後人託古之作（二文收錄於鄭西諦等編《中國文學研究》，台北：國泰文化事業有限公司，1980 年，頁 75～99 及 101～107）。葉慶炳《中國文學史》上冊（頁 39）及游國恩等主編之《中國文學史》上冊（頁 105）亦認爲宋玉作品僅有〈九辯〉一篇。但這些著作，並未進行詳細考證，大多是認爲作品是以第三者口吻，記宋玉與楚王問答之辭，故當非宋玉自撰來作結。

〔註 60〕詳參簡宗梧著，《漢賦史論》〈〈高唐賦〉撰成時代之商榷〉（頁 63～97）、〈〈神女賦〉探究〉（頁 99～118）兩篇文章（台北市：東大發行：三民總經銷，1993 年）。

　　　朝視之，如言，故爲立廟，號曰朝雲。」〔註61〕

引文中有人物、對話、情節等之敘述，敘事性特質明顯。本詩之敘事者爲宋玉，但敘事手法並非以第一人稱的自敘角度來敘述其經歷，而是以全知視角〔註62〕的敘事手法切入，敘事者以第三人稱的敘事角度將自身當作故事中的人物置入敘事結構中以自現，以呈現說故事的氣氛；此敘事手法與〈卜居〉、〈漁父〉之創作表現方式相似，但〈卜居〉、〈漁父〉的敘事結構較爲簡單，只用一問、一答來完成故事情節，而〈高唐賦〉（及〈神女賦〉）則是由人物的依次對話中，逐步展開情節之發展，已可見出敘事手法上更進一層的發展。上述引文中說明楚襄王與宋玉到雲夢澤的臺館遊覽，遠望高唐觀時，發現觀上有雲氣，其形狀似高峻之山巒，但很快地又改變了形狀，短時間內，雲氣模樣變化無窮。楚襄王便詢問宋玉此何"氣"也？宋玉回答「所謂朝雲者也。」襄王又詢問何謂"朝雲"？於是宋玉便敘述了昔日楚懷王與巫山神女的一段姻緣之事。自"昔者先王嘗遊高唐"至"故爲立廟，號曰朝雲"止，皆在敘述懷王與神女相遇之事。其敘事以浪漫主義的筆法，將人神相戀的故事藉由人物的對話鋪敘而出，情節糅合現實與虛幻，充滿幻想性，並勾勒出巫山神女"且爲朝雲，暮爲行雨"的美麗深情形象。且由神女與楚懷王的對話中──「妾，巫山之女也，爲高唐之客。聞君遊高唐，願薦枕席。」──可看出神女的人物形象被塑造成溫柔多情且勇於大膽追求愛情的自主女性，此點同屈賦《九歌》中神靈形象一般，皆體現出將神靈形象"人格化"的特質，使神靈不再是木然中立的存在，彷彿是與凡人一般同樣有愛怨悲喜之感受者，而非如《詩經》中的神靈僅是"德性"的化身。或許是楚國的文化風情及地緣關

〔註61〕詳參周啓成等註譯，《新譯昭明文選》，頁762。

〔註62〕「全知視角」，是指敘事者無所不知，知道並能說出作品中任何一個人物或事件的所有發展，也可以說在這類作品中，敘事者是由一個匿藏的敘述者來交代人物或事件的發展；通常"第三人稱敘事法"是全知視角較常運用的手法。（關於敘事視角之看法，可參考本文第三章註26。）

係，詩人的想像力格外豐富，對於神界人物的形象塑造，較之詩經時代而言，在藝術技巧上顯然較爲立體、鮮明、個性化，而此亦是因爲浪漫主義的創作手法對於想像性文學格外有幫襯效果之故。

此外，在〈神女賦〉中，對於巫山神女的人物形象，則有更精緻深化的描寫：

> 楚襄王與宋玉遊於雲夢之浦，使玉賦高唐之事。其夜，王寢，果夢與神女遇，其狀甚麗。王異之，明日以白玉。玉曰：「其夢若何？」王曰：「晡夕之後，精神怳忽，若有所喜，紛紛擾擾，未知何意。目色髣髴，乍若有記。見一婦人，狀甚奇異。寐而夢之，寤不自識。罔兮不樂，悵然失志。於是撫心定氣，復見所夢。」王曰：「狀何如也？」玉曰：「茂矣，美矣，諸好備矣；盛矣，麗矣，難測究矣。上古既無，世所未見。瓌姿瑋態，不可勝贊。其始來也，耀乎若白日初出照屋梁；其少進也，皎若明月舒其光。須臾之間，美貌橫生，曄兮如華，溫乎如瑩。五色並馳，不可殫形。詳而視之，奪人目精。其盛飾也，則羅紈綺繢盛文章，極服妙采照萬方。振繡衣，被袿裳。襛不短，纖不長。步裔裔兮曜殿堂。忽兮改容，婉若游龍乘雲翔。嫷被服，倪薄裝，沐蘭澤，含若芳，性和適，宜侍旁，順序卑，調心腸。」〔註63〕

引文中說明，楚襄王夜夢神女，次日便告訴宋玉夢中所見之情景。其敘事結構仍是運用人物對話之形式，將故事情節鋪陳而出的設計，敘事性亦是相當明顯。而襄王描述神人相遇之事，使故事情節呈現奇幻迷離感，充滿想像性，對於神女之模樣，極盡夸飾、鋪陳，並以華美的文辭將神女「美貌橫生」、「奪人目精」的人物形象以工筆鋪陳而出，此皆是浪漫主義式的創作手法。在宋玉的敘事之中，〈神女賦〉中的神女是一位極爲美麗，光豔照人，似對襄王有情卻又 "顠薄怒以自持兮" 的不可侵犯之聖潔形象：

---

〔註63〕詳參周啓成等註譯，《新譯昭明文選》，頁 771～772。

> 動霧縠以徐步兮，拂墀聲之珊珊。望余帷而延視兮，若流
> 波之將瀾。奮長袖以正衽兮，立踟躕而不安。澹清靜其愔
> 嬺兮，性沈詳而不煩。時容與以微動兮，志未可乎得原。
> 意似近而既遠兮，若將來而復旋。褰余幬而請御兮，願盡
> 心之惓惓。懷貞亮之絜清兮，卒與我兮相難。陳嘉辭而云
> 對兮，吐芬芳其若蘭。精交接以來往兮，心凱康以樂歡。
> 神獨亨而未結兮，魂祭祭以無端。含然諾其不分兮，喟揚
> 音而哀歎。顧薄怒以自持兮，曾不可乎犯干。〔註64〕

引文中，宋玉以楚襄王為視角人物，透過他來敘述神女的千姿百態及
兩人之間的往來互動。「動霧縠以徐步兮，拂墀聲之珊珊」描述神女
身上的清紗如霧般飄動不已，緩緩步行而來，衣裾玉佩輕拂著階梯發
出沙沙之聲。自「望余帷而延視兮」起至「卒與我兮相難」，深刻地
描述出神女似欲親近楚襄王卻又遠離的情景：「望余帷而延視兮，若
流波之將瀾。奮長袖以正衽兮，立踟躕而不安」幾句將神女佇立在襄
王帷帳外雙眼流波凝視，時立時徘徊，心中不安、若即若離、似有情
似無情的人物形象巧妙地勾勒出來。「褰余幬而請御兮，願盡心之惓
惓。懷貞亮之絜清兮，卒與我兮相難」幾句，敘述神女終於揭開楚襄
王的帷帳請求陪侍，但卻又懷著貞亮正直的節操拒絕了楚襄王，使楚
襄王慨嘆「精交接以來往兮，心凱康以樂歡。神獨亨而未結兮，魂祭
祭以無端」，表達出楚襄王雖然在精神上與神女相互交流卻無法共結
連理，令他夢魂孤單，心無頭緒。「顧薄怒以自持兮，曾不可乎犯干」
兩句，更將神女微露慍色、矜持自守，使人不敢冒犯的人物形象鮮明
地呈現出來。總之，無論是〈高唐賦〉或〈神女賦〉，在人神往來的
情節設計與誇張鋪敘的藝術技巧上，皆可說是浪漫主義手法的體現。

　　此外，〈高唐賦〉中對於巫山山勢之險峻及山中深池水勢之大有
極盡夸飾的寫法，亦是體現出浪滿主義融合想像與現實，善用鋪陳夸
飾的敘事手法：

---

〔註64〕詳參周啟成等註譯，《新譯昭明文選》，頁774。

> 巫山赫其無疇兮，道互折而曾累。登巉巖而下望兮，臨大
> 阺之稸水。遇天雨之新霽兮，觀百谷之俱集。濞洶洶其無
> 聲兮，潰淡淡而并入。滂洋洋而四施兮，蓊湛湛而弗止。
> 長風至而波起兮，若麗山之孤畝。勢薄岸而相擊兮，隘交
> 引而卻會。崪中怒而特高兮，若浮海而望碣石。礫磥磥而
> 相摩兮，嵾震天之礚礚。巨石溺溺之瀺灂兮，沫潼潼而高
> 屬。水澹澹而盤紆兮，洪波淫淫之溶㵾。奔揚踴而相擊兮，
> 雲興聲之霈霈。猛獸驚而跳駭兮，妄奔走而馳邁。虎豹豺
> 兕，失氣恐喙。雕鶚鷹鷂，飛揚伏竄。股戰脅息，安敢妄
> 摯。於是水蟲盡暴，乘渚之陽。黿鼉鱣鮪，交積縱橫；振
> 鱗奮翼，蜲蜲蜿蜿。中阪遙望，玄木冬榮。煌煌熒熒，奪
> 人目精。爛兮若列星，曾不可殫形。榛林鬱盛，葩華覆蓋；
> 雙椅垂房，糾枝還會。徙靡澹淡，隨波闇藹。東西施翼，
> 猗狔豐沛。綠葉紫裹，丹莖白蒂。纖條悲鳴，聲似竽籟；
> 清濁相和，五變四會。〔註65〕

引文中說明巫山的巍峨無有匹敵，山道蜿蜒曲折不已，遇上天雨初
止，可看到眾谷雜水聚集，水勢洶湧，浩浩淼淼湧向四方。當長風吹
起波濤時，怒濤相聚，突出高起的山石，宛若在海上遙望碣石山一般。
大水奔流發出霈霈之聲時，使「猛獸驚而跳駭兮，妄奔走而馳邁」；
但水中動物卻一派閑逸地悠游自在，「黿鼉鱣鮪，交積縱橫；振鱗奮
翼，蜲蜲蜿蜿」。而山中的樹木，在冬天也開花，光彩煥發的模樣，「煌
煌熒熒，奪人目精」，燦爛如同天上的列星般，無法形容其美。賦中
運用大量鋪陳，多層次地渲染、誇張描寫出巫山情景，以華美的形式
塑造出巫山山水之美與壯闊不可規範之貌，間接烘托出居於其間的
"神女"形象之神秘美麗。無論是〈高唐賦〉或〈神女賦〉，皆以浪
漫主義的神奇想像，對描寫的對象予以夸飾、鋪陳，並將現實與非現
實作了巧妙的融合，充分發揮文學的想像力。而〈高唐賦〉對於高唐
形勢和物產鉅細靡遺的鋪陳與夸飾技巧，以及〈神女賦〉對神女形象

---

〔註65〕詳參周啟成等註譯，《新譯昭明文選》，頁764～765。

的刻畫，就藝術技巧而言，皆較屈賦更注重客觀事物的刻畫，此種敘事手法顯然更爲接近漢賦的作法，故宋玉賦作可說是屈賦至漢賦間的銜接橋樑，亦可說是漢代辭人之賦的先聲。〔註66〕

綜上所述，戰國時期，以屈賦爲代表的敘事詩，可說是開創了浪漫主義式的敘事逗情風格，而追隨其後的宋玉，其敘事詩風格，更爲宏肆鋪陳，相對屈賦而言，較爲著重對客觀事物的渲染刻畫，亦是呈現浪漫主義的色彩，故我們可以說戰國時期之詩壇是以浪漫主義敘事詩獨領風騷的。

## 二、鋪陳敘事的美學精神造就漢代敘事詩之興盛

在本文第四章中，我們主要是針對漢賦的文體歸屬、表現模式與技巧等來印證漢賦的敘事詩屬性，此屬於詩歌"內在質地"的分析；現以此爲基礎，擬以「文學社會學」〔註67〕的角度切入，進一步論述敘事詩以漢賦之姿在兩漢興盛之實，以重新詮釋中國詩歌史之發展。故此處主要著重於漢代文學代表——漢賦（漢代敘事詩）蓬勃興盛的"外緣因素"分析，以求能內外輝映，將中國敘事詩在戰國兩漢之發展概況勾勒而出。茲說明於下。

緊接楚國浪漫主義文化登場的漢代，在文學、美學及社會文化上，皆可看到其受楚文化浪漫主義影響之表現。李澤厚先生於《美的歷程》中即說：

〔註66〕詳參簡宗梧著，《賦與駢文》，頁54：「宋賦的鋪敘、夸飾、比喻之所以不同於楚騷，成就其『辭人之賦』，爲漢賦開其先路，那是因爲同爲言語侍從之臣，是暇豫侍君的辭人，他們爲文造情，自然也就走上言語加工的道路，造成『比體雲構，紛紜雜遝』和『興義銷亡』的現象，《文心雕龍・詮賦》說：『宋發巧談，實始淫麗』，乃其來有自」。

〔註67〕就其最廣義的含義而言，文學社會學領域包括文學文本與社會的關係，即尋找不僅可以反映文學生產及其接受情況、反映文學產品之社會功能，也能反映文本獨特性的所有決定性條件及媒介。（參見（法）貝西埃等主編，史忠義譯，《詩學史》下冊，天津：百花文藝出版社，2002年1月第一版，頁674）

漢文化就是楚文化，楚漢不可分。儘管在政治、經濟、法律等制度方面，「漢承秦制」，劉漢王朝基本上是承繼了秦代體制。但是，在意識形態的某些方面，又特別是在文學藝術領域，漢卻依然保持了它在南楚故地的鄉土本色。漢起於楚地，劉邦、項羽的基本隊伍和核心人員大都來自楚國地區。項羽被圍，「四面皆楚歌」；劉邦衣錦還鄉唱《大風》；西漢宮廷中始終是楚聲作主導……，都説明這一點。楚漢文化（至少在文藝方面）一脈相承，在內容形式上都有其明顯的繼承性和連續性，而不同於先秦北國。楚漢浪漫主義是繼先秦理性精神之後，並與它相輔相成的中國古代又一偉大藝術傳統。它是主宰兩漢藝術的美學思潮。不抓住這一關鍵，很難真正闡明兩漢藝術的根本特徵。……從世上廟堂到地下宮殿，從南方的馬王堆帛畫到北國的卜千秋墓室，西漢藝術展示給我們的，恰恰就是《楚辭》、《山海經》裡的種種。天上、人間和地下在這裡連成一氣，混而不分。你看那馬王堆帛畫，龍蛇九日，鴟鳥飛鳴，巨人托頂，主僕虔誠，……你看那卜千秋墓室壁畫：女媧蛇身，面容姣好，豬頭趕鬼，神魔吃魅，怪人怪獸，充滿廊壁……。它們明顯地與《楚辭》中《遠遊》、《招魂》等篇章中的形象和氣氛相關。這是一個人神雜處、寥廓荒忽、怪誕奇異、怪獸眾多的世界。……在馬王堆帛畫、卜千秋墓室壁畫中所著意描繪的，可能更是一個登仙祝福、祈求保護的肯定世界。但是它們卻共同屬於那充滿了幻想、神話、巫術觀念，充滿了奇禽異獸和神秘的符號、象徵的浪漫世界。它們把遠古傳統的原始活力和野性充分地保存和延續下來了。從西漢到東漢，經歷了漢武帝「罷黜百家，獨崇儒術」的意識形態之嚴重變革。以儒學為標誌、以歷史經驗為內容的先秦理性精神也日漸濡染侵入了文藝領域和人們觀念中，逐漸溶成一種獨特南北文化的混同合作。楚地的神話幻想與北國的歷史故事，儒學宣揚的道德節操與道家傳播的荒忽之談，交織陳列，並行不悖地浮動、混合和出現在

> 人們觀念和藝術世界中。生者、死者、仙人、鬼魅、歷史
> 人物、現世圖景和神話幻想相同時並陳，原始圖騰、儒家
> 教義和讖緯迷信共置一處……。從而，這裡仍然是一個想
> 向混沌而豐富、情感熱烈而粗豪的浪漫世界。〔註68〕

如上所說，楚國所發源的浪漫主義文化，主宰了兩漢藝術的美學思潮，從出土的文獻或史料的記載中，我們確實可以看到漢代在社會文化的許多面向上，仍是沿襲了楚文化中所特有的充滿了幻想、神話、巫術觀念等統合而成的深具象徵意涵地浪漫文化。即便是漢代以儒術爲尊，但另一方面，讖緯迷信、陰陽五行之說也是廣泛盛行於朝野內外，無論在文學、藝術或思想文化上，兩漢確實可說是承繼南方楚文化，融合先秦北方理性思維，將「現世圖景和神話幻想相同時並陳」的浪漫時代。以此之故，被譽爲當代文學代表的"漢賦"，自然必是浸染並體現出那一時代的美學特質。

此外，浪漫主義的手法除了表現在交織現實與幻想的糅合之外，從屈、宋敘事詩所傳承下來的鋪陳百態、極盡夸飾等特質也充分被漢賦保留並進一步拓展。漢賦在文學史上，雖然有時被評價爲似同類書、字典、堆砌辭藻、味同嚼蠟等，但以"敘事"的角度來看，漢賦的文學風格與表現手法正是與時代美學相呼應的，試看其在"狀貌寫景"、"鋪陳百事"、"包括宇宙，總覽人物"上，無不盡力鋪陳天上人間各類事物，即便其著作目的是爲了「諷喻勸誡」的政教意旨，但其文學型態無不是通過"敘事"以"抒情"。必須特別說明的是，"敘事"一方面是手段〔註69〕，一方面亦是因爲"鋪陳敘事"正是大

---

〔註68〕詳參李澤厚著，《美的歷程》，台北市：金楓出版社，1991年4月再版，頁87～90。

〔註69〕劉勰曾說：「賦者，鋪也。鋪采摛文，體物寫志也。」沿襲此一觀點，研究漢賦者，大多認爲賦主要是透過鋪張文采以達到"寫志"的目的。所以一般的看法大多認爲"賦"既然是以"體物寫志"爲主，則應是偏於抒情而非著重於"敘事"。但即使是作用於"抒情"的詩，也幾乎都是必須藉助於即事道志，將敘事與抒情作一融合而呈現，且漢賦的"寫志"幾乎都是藉由敘事以托出，"敘事"在此，

漢帝國的主流美學思想，故“敘事”並非只表現在文學創作上，在藝術層面、建築層面上〔註70〕，無不是在敘述著這個時代所欲昭示的事象。試看漢代藝術上之表現，例如山東（武梁祠）出土的畫像石〔註71〕，便充分體現出在繪畫上極力鋪陳敘事的風格：

> △在《庖廚圖》中，細緻的刻畫了殺雞、宰牛、烹調。在廚房中還懸有魚鱉、醬鴨，以至在架上置牛頭、牛腿，有的畫面，甚至表現出鼎襠烈火熊熊，鼎內熱氣騰騰，以及廚師作菜，奴僕淘洗，或是張席擺盤，或是鐘鼓竽瑟協奏等，各種情狀，不勝枚舉。《三都賦》中所描寫的「吉日良辰，置灑高唐」，「羽爵執競，絲竹乃發，巴姬彈弦，漢女擊節」，「行長袖而屢舞，翩躚躚以裔裔。合樽促席，引滿相罰，樂飲今夕，一醉累日」，當時豪富的這種活動，在這些作品中，都可以約略見到。〔註72〕
>
> △圖中描繪了步戰、騎戰、車戰和水戰的各種情況。戰鬥中使用了弓矢、弩機、矛盾、干戈、劍戟等兵器。〔註73〕
>
> △後半部下兩層描寫的是車騎和庖廚。上層描寫的是舞樂生活。圖中有男有女、有人彈琴、有人吹塤、有人吹篪，

---

　　　　乃是一種文學表現手段，所以“寫志”與“敘事”的存在並不衝突，無須因為漢賦的“體物寫志”功能，而否認其自身所體現的敘事性。

〔註70〕　《漢書·高帝紀》云：「蕭何治未央宮，立東闕、北闕、前殿、武庫、大倉。上見其壯麗，甚怒，謂何曰：『天下匈匈，勞苦數歲，成敗未可知，是何治宮室過度也！』何曰：『天下方未定，故可因以就宮室。且夫天子以四海為家，非令壯麗亡以重威，且亡令后世有以加也。』」宮室建築在此不再只著重於其實用性，其奢華壯麗的表現，更是為了確立大漢至尊之地位。漢賦中有許多鋪陳宮殿建築宏偉壯麗的敘事，此不僅只是時代審美角度的體現，亦是含有肯定天子威勢的象徵意涵。

〔註71〕　畫像石即是以石為地、以刀代筆的繪畫。據認為是怕壁畫保持不久，故在石面刻畫。詳參張朝暉，徐琛著，《中國繪畫史·秦漢時期繪畫》，台北市：文津，1996年初版，頁44。

〔註72〕　王伯敏著，《中國繪畫通史》上冊，台北市：東大發行：三民總經銷，1997年，頁118～119。

〔註73〕　常任俠編《漢代繪畫選集》，朝花美術出版社，1956年，頁4。

還有人表演著雜技。〔註74〕

從上述引文中可知，漢代繪畫中所展現的生活圖像，採用的是人事物並列鋪陳、琳瑯滿目的景象，此種創作手法與漢賦宏肆鋪陳的敘事手法如出一轍，此正是時代美學精神體現於作品之印證；且畫像石中這些景象並非無意義的陳列而已，而是欲透過各圖像來敘事，它記錄、臨摹了漢代生活中的各種景象，有其情節意義，將之串連起來，便是藉由藝術傳達了"敘事"的功用。再例如山東臨沂金雀山九號漢墓一九七五年出土的「金雀山彩繪帛畫」〔註75〕，便將構圖分成地下、人間、天上三部分，鋪排延展其所欲敘述之事：

地下部分，有魚龍水族之類的畫像，表示「九泉（黃泉）」境界。地上部分，即人間部分，是全圖的重要部分，描繪墓主的活動以及與墓主生前有關的各種事件。……這部分的人物計二十四人，分爲五檔排列。它的布局，似乎自下而上，所以人物以下面一檔最大，上面一檔最小，在透視上表示向縱深發展的感覺。就五檔的情節而言，大體可以連貫。第一檔爲文武門衛，中間一人似戴假面具者，擬巫覡作驅魔狀，一門衛幫著助威，這是當時的統治階級用來表示嚇人又嚇鬼的（註：這檔畫的內容，有解釋爲「角抵表演」），第二檔爲家奴操作，最矮小者，擬侏儒。第三檔與嘉賓相聚。第四檔表示於堂前作管弦樂舞。第五檔墓主老婦人（右側形象較大者）端坐於前堂中，有奴僕九人侍候其旁。這種內容，既是墓主生前生活的寫照，也是墓主爲身後保持這種生活的設想。帛畫上的上部爲天庭，有日月爲代表。這與馬王堆「T」形帛畫一樣，日中有金烏，月中有玉兔與蟾蜍。天之上有雲氣，天之下有山嶽，山與天相接。漢人有神仙思想，他們往往幻想登山而成仙，這時畫的山嶽，無非表示死者靈魂自山嶽上升而至天庭。〔註76〕

---

〔註74〕前揭書，頁5。
〔註75〕這種帛畫是當時用作喪葬的一種旌幡，長條形。
〔註76〕王伯敏著，《中國繪畫通史》上冊，頁83～85。

透過上述引文的描述，可知漢人喜好鋪陳敘事的美學精神，在繪畫藝術上亦如實展現著，而融合人間、天上、地下的意識形態正是浪漫主義思維的體現。這種夸飾象徵、鋪陳敘事的時代風尚，呈現在文學中時，便是漢賦那種濃墨重彩、鴻篇鉅製、詳盡鋪陳敘事的藝術形式。

　　再如在王延壽的〈魯靈光殿賦〉中，也有段對於殿中壁畫的描述：

> 圖畫天地，品類群生，雜物奇怪，山神海靈。寫載其狀，託之丹青。千變萬化，事各繆形。隨色象類，曲得其情。上紀開闢，遂古之初；五龍比翼，人皇九頭；伏羲鱗身，女媧蛇軀。鴻荒朴略，厥狀睢盱；煥炳可觀，黃帝唐虞。軒冕以庸，衣裳有殊。下及三后，嬖妃亂主。忠臣孝子，烈士貞女，賢愚成敗，靡不載敘。惡以誡世，善以示後。〔註77〕

魯靈光殿是漢景帝之子魯恭王所建。上述引文中所說的「圖畫天地，品類群生」、「靡不載敘」便已說明了漢代美學傾向於包羅萬物，鋪陳種種事象、物象，以盡其“敘事”之功能。「寫載其狀，託之丹青」表示為了將各種生物、怪物、山神海靈等之形狀圖繪出來，便使用了各種顏色之塗料，以求能「隨色象類，曲得其情」。又，壁畫內容如同展現歷史敘事一般，上自開天闢地，遠古之初的神話情景——五龍比翼，人皇九頭；伏羲鱗身，女媧蛇軀；後至三代之王、嬖妃亂主、忠臣孝子、烈士貞女等種種故事，無一不以繪畫圖像式依序鋪排開來，就繪畫的敘事功能而言，呈現出連貫的情節，使人視之如同瀏覽一幅自上古至當代的敘事圖像般。這種融合天上人間、交織神話與現實的畫風，即是自楚文化所延續而來的浪漫主義思維；而這種繁複鋪張的藝術技巧，在漢賦中無不一一展現著。試看〈兩都賦〉、〈兩京賦〉、〈甘泉賦〉、〈子虛賦〉、〈上林賦〉、〈羽獵賦〉、〈長揚賦〉、〈魯靈光殿賦〉等，無一不展現出以浪漫主義手法極盡鋪陳敘事、鋪采摛文之面向。故就時代風氣與文化思想而言，漢代的浪漫主義思維及其美學思想，作用於漢賦的敘事性表現上，便是使其更為宏肆鋪陳、五彩斑斕

---

〔註77〕詳參周啓成等註譯，《新譯昭明文選》，頁456～457。

之外緣因素。且若以繪畫和文學相比，文學更是沒有畫面大小的限制，所欲描述的情景可隨作者思緒無限擴張，故漢賦篇幅多半較一般詩歌（指狹義性質之詩）為廣長，此亦是利於敘事詩茁壯之因。作為中國兩大敘事文學代表的漢賦﹝註78﹞，在總體上呈現出宏衍巨麗、縱橫捭闔的敘事美學形態，自是因為其對於所欲敘述的對象無不曲盡其態、著意誇揚，故李澤厚先生即云：「它在描述領域、範圍、對象的廣度上，卻確實為後代文藝所再未達到。」此一方面是文學觀念的演進，一方面亦是時代風氣所趨。

　　漢代是個空前強盛的大一統帝國，版圖遼闊，國家富庶，文化繁榮，相較於前代顯示出無與倫比的強盛國力。《史記・平准書》曾記載西漢時期社會富庶的情況：

> 國家無事，非遇水旱之災，民則人給家足，都鄙廩庾皆滿，而府庫餘貨財。京師之錢累巨萬，貫朽而不可校。太倉之粟陳陳相因，充溢露積於外，至腐敗不可食。眾庶街巷有馬，阡陌之間成群。﹝註79﹞

在如此繁榮富庶的時代裡，漢賦作者對於所居住的社會環境，自然是充滿積極樂觀與愛好的，表現在文學創作或藝術創造裡，便是對於「現實世間的津津玩味和充分肯定﹝註80﹞」，即便是描述嚮往的神仙世界，亦是將人間的樂趣移植到天界：

> 人間生活的興趣不但沒有因為嚮往神仙世界而零落凋謝，相反，是更為生意盎然生機蓬勃，使天上也充滿人間的樂趣，使這個神的世界也那麼稚氣天真。它不是神對人的征服，而毋寧是人對神的征服。神在這裡還沒有作為異己的對象和力量，而毋寧是人的直接延伸。……只有對世間生活懷有熱情和肯定，並希望這種生活繼續延續和保存，才

---

﹝註78﹞ 吉川幸次郎認為中國兩大敘事文學，一為漢賦、一為史書。詳參其著作《中國詩史》，台北市：明文書局，1983 年 4 月初版，頁 7。
﹝註79﹞ 詳參《史記・平准書》。
﹝註80﹞ 詳參李澤厚著，《美的歷程》，頁 94。

> 可能使其藝術對現實的一切懷有極大興趣去描繪、去欣
> 賞、去表現，使它們一無遺漏地、全面地、豐滿地展示出
> 來。漢代藝術中如此豐富眾多的題材對象，在後世就難以
> 再看到。〔註81〕

在藝術表現上是如此傾注對於現世生活的浪漫熱情，在文學創作上亦
莫不如此。枚乘〈七發〉啓發楚太子的"七事"，漸次鋪敘，層層堆
疊，其敘事規模已展露漢大賦的氣象；隨後的司馬相如〈子虛賦〉、〈上
林賦〉，更展現出馳騁想像、極盡鋪陳敘事的技巧，成為後繼者競相
仿效的範本。揚雄的〈甘泉賦〉、〈羽獵賦〉諸大賦，亦皆是體制規模
浩瀚宏大的作品。即便曾指責賦家「競為侈麗閎衍之詞」的班固，其
筆下的〈兩都賦〉之敘事規模更是洋洋灑灑，雄麗恣肆，務求在敘事
上「使人不能加也」。這種對於周遭人事物或想像性的人事物予以不
厭其煩的精緻描寫與夸飾鋪陳，其實正是體現對於現世生活的熱情與
肯定。當然，漢賦熱衷於鋪陳敘事，且傾向於以宏大為美的敘事風格
也與政治場域的意識形態與遊戲規則息息相關。美國威斯康新大學蘇
瑞隆博士便就〈子虛賦〉、〈上林賦〉中戲劇形式化的對話，以及賦中
之虛構人物進行分析，認為漢賦的敘事模式與政治需求不無關係：

> 這批空幻人物創造了一種沒有情感而極端理智的境界，因
> 為他們沒有血肉與個性，其本身不具備任何個人的特質，
> 甚至可用甲乙丙丁來代替它們，而不會產生太大的差別。
> 這種人物的組合，其目的當然不是為了塑造抒情的氣氛，
> 而是在於建造一個純粹理性的辯論舞台。〔註82〕

這裡所稱的"空幻人物"係指二賦中的虛設人物：子虛先生、烏有先
生、亡是公。他認為漢賦敘事的重點不在於人物個性化的呈現，而在
於藉由所敘事件將作者於政治場域之中所欲表達或演說之語言更為
包裝化地呈現出來，故賦中人物亦可用甲乙丙丁來取代，而不會影響

---

〔註81〕詳參李澤厚著，《美的歷程》，頁93～94、99。
〔註82〕詳參蘇瑞隆〈魏晉六朝賦中戲劇型式對話的轉變〉，《文史哲》，1995
　　　年第三期。

整體敍事結構的進行。高辛勇先生亦說：

> 漢代以後，褒貶演說（用於贊美或譴責）這種形式似乎佔
> 了支配地位，最明顯地體現在"賦"以及"碑"和"誄"
> 一類政治上無傷大雅的贊頌文體之中。雖說早期的賦可能
> 是口頭表達的，但是這些形式或文體通常都出現在書面語
> 中，而不是在口語中……秦統一中國標誌著政治和哲學思
> 想爭鳴條件的消失。說士作爲活躍的政治力量也不見了，
> 但是，演說的衝動保持了下來，貫注到賦這一文體的鋪陳
> 雄辯中去了。〔註83〕

典型的漢大賦都以大肆鋪陳宏大的場面與壯麗景致作爲出發點，以突出漢帝國的繁榮富庶，並以此深具聲色娛樂效果的描寫來達到吸引天子目光之目的；而後鋪陳至極處時，便陡然轉向，以諷諭勸誡之意作爲結尾之呈現。就敍事結構而言，雖然呈現頭重腳輕、篇幅分配不均的失衡，但因爲讀者或聽眾乃是天子而非一般人，爲顧及天威，避免直接指斥與糾正將觸怒天子，造成更大的反效果，故藉由"說故事"來達成"諷諭"之旨亦是政治場域之中很自然形成的情勢。故以文學社會學的角度來看，漢賦好於鋪陳敍事的藝術形態，一方面是時代美學作用於其間，一方面亦是因爲政治環境使然。畢竟文學與社會之關係，本就不可剝離。

　　綜合以上兩節所述，就詩歌史之發展而言，敍事詩自詩經時代起，已有雛形之展現，大多爲敍史或記事，在文學詞藻或語言風格上，大體是呈現質樸清新的氣息，且因爲篇幅多半不長，故簡略敍事或精鍊化的敍事手法，常是其特色。進入戰國時期，以屈賦爲代表的敍事詩，開創了浪漫主義式的敍事逞情風格；進入漢代後，漢賦沿襲屈賦作風，更爲鋪張揚厲，堆砌詞藻，仍是延續浪漫主義敍事詩的創作道路，且與民間的敍事樂府相互輝映〔註84〕，各自呈現敍事詩的不同風

---

〔註83〕詳參高辛勇著，《修辭學與文學閱讀》，頁158。
〔註84〕本文於第四章第三節中，已述及漢賦對敍事樂府的影響，此不再贅述。

采——一爲鋪張揚厲、宏大敘事的作風；一爲質樸清新，流露民歌風
采的敘事作風。就漢代來說，無論是廟堂或民間，皆可說在敘事詩之
表現上，呈現欣欣向榮的氣象，整個漢代詩歌史可說是敘事詩發展的
黃金時期。因此，就戰國至兩漢之詩歌發展史而言，敘事詩不啻爲此
時代之主流文學。

## 第三節　六朝以後抒情敘事雙向並行的詩歌發展軌跡

戰國兩漢所形成的以敘事詩爲主的發展路向，到了六朝之後，逐
漸有所變化，此後詩歌走勢不再是以敘事爲主流，抒情詩在此得到時
代因素所給予的養分，而茁壯成長，逐漸蔚爲詩歌主流（指狹義詩歌
中的主流），扭轉了六朝以前以敘事詩爲主的情勢。日本漢學家吉川
幸次郎先生即云：

> 抒情詩爲知識人所採用而此後長期成爲這個國家的文學的
> 中心形式，是從漢帝國滅亡的動盪年代、也即公元三世紀的
> 三國時代開始的。特別是以曹操、曹丕、曹植父子爲中心而
> 開始的。整齊地每句五字的所謂“五言詩”是主要的詩歌的
> 形式，四言詩和七言詩則是從屬性的形式。曹植所開啓的是
> 這樣一條道路：把表白個人性質的熱情——特別是以友情爲
> 素樸的個人熱情的表白——作爲詩的使命。〔註85〕

如上所說，曹氏父子的大量創作及提倡、獎掖文人創作，確實是抒情
詩之重回詩歌舞台的主力因素。六朝時期抒情詩大量創作的緣由，由
外緣因素來看，可說與六朝當時時局紛亂、動亂頻起、政治黑暗，老
莊、玄學思想的影響、經學的蕭解、禮教束縛的解放等，有極大之關
係，此部分之研究，已有學者多方述及，此不再贅述〔註86〕。但若不

---

〔註85〕詳參吉川幸次郎著，章培恒等譯《中國詩史》，安徽文藝出版社，1986
　　　　年版，頁139。
〔註86〕此部分之論述極多，要者可詳參：陶建國《兩漢魏晉之道家思想・老
　　　　莊思想對魏晉文學之影響》，台北市：文津，1986年，頁692～718。

僅止於從狹義詩歌的範疇來看詩歌的發展軌跡，而由廣義詩歌（包含賦）的範疇來審視詩歌發展情形，則我們認爲：自六朝起至其後各朝代之詩歌局面，並非是抒情詩爲主流的局面，而應是抒情與敘事雙向並行的發展情勢。爲辨明中國敘事詩發展歷程，探析中國詩歌自六朝起轉而爲抒情、敘事雙向並行之發展緣由，本節概分兩部份，由文筆說、聲律論及賦的發展之面向切入探討，茲說明於後。

## 一、文筆說、聲律論促成抒情的復甦並侷限敘事的發展

　　詩歌發展至魏晉，在戰國兩漢以敘事爲主流的局面便有所變化。沈約《宋書・謝靈運傳》論云：

> 至於建安，曹式基命二祖陳王，咸畜盛藻，甫乃以情緯文，以文被質。〔註87〕

又云：

> 降及元康，潘陸特秀，律異班馬，體變曹王，縟旨星稠，繁文綺合，綴平台之逸響，採南皮之高韻。遺風餘烈，事極江左。〔註88〕

由此可知，自建安時代起，文學不再僅是載道的工具，「以情緯文」、「以文被質」的文學自覺時代已然來臨。顧炎武《日知錄》云：「東漢之末，節義衰而文章盛。〔註89〕」可見當時經述節義衰頹，但緣情文學卻轉而盛行。這主要是因爲自漢末以來，時局動亂，人民顚沛流離不已，文人處在這樣離亂的年代，對於儒學傳統產生動搖，文學載道的價值觀亦起了根本的變化，加以東漢末年黨錮事件之後，士子的地位益形下降，面對如此慘澹的世局與人生境遇，文人有很多眞切的

　　袁峰著，《魏晉六朝文學思想與玄學思想》，西安市：三秦出版社，1995 年 12 月第一版。蕭馳《中國抒情傳統》，台北：允晨文化出版社，1999 年。孫康宜著，鍾振振譯《抒情與描寫——六朝詩歌概論》，台北市：允晨文化，2001 年初版。

〔註87〕詳參沈約《宋書・謝靈運傳論》。
〔註88〕同前揭書。
〔註89〕詳參顧炎武《日知錄》卷十三〈兩漢風俗〉。

情感需要抒發，於是文學作爲自我情感宣洩的工具，得到空前的重視。故劉勰《文心雕龍‧時序篇》云：「自獻帝播遷，文學蓬轉。建安之末，區宇方輯。魏武以相王之尊，雅愛詩章；文帝以副君之重，妙善辭賦；陳思以公子之豪，下筆琳瑯；並體貌英逸，故俊才雲蒸。〔註90〕」，又鐘嶸《詩品‧序》亦云：「降及建安，曹公父子，篤好斯文；平原兄弟，蔚爲文棟；劉楨王粲，爲其羽翼；次有攀龍附鳳，自致於屬車者，蓋將百計；彬彬之盛，大備於時矣。」可見建安文學風氣的特盛，與曹公父子的雅好文學及其政治力量之提倡有很深的關係。至南朝蕭統編《文選》，更純粹從美文的角度來定義文學的範疇，其序云：「事出於沈思，義歸乎翰藻。」方爲其選輯之標準，由此可知在文學觀念上，南朝已自覺地將“情思”與“文藻”視爲是文學之所以爲文學的必然條件，能夠「以情緯文」、「以文被質」的文學，方是當時所認同的理想文學。這種對於文學的覺醒態度，表現在詩賦創作上，最明顯的改變便是抒情性的復甦。而這其中又以“文筆說”、“聲律說”的文藝觀點對於抒情的復甦與敘事的侷限，影響較大，茲說明於下。

　　六朝時期文學的主要趨勢，最顯著的是語言技巧和聲律的進步，帶動了形式主義文學的形成。詩賦在這一特質上的表現，都有較之以往顯著的發展，駢文則更爲明顯。

　　在先秦時，所謂的“文學”是泛指一般的學術而言，含義較爲廣泛。到了兩漢時，已有“文章”一詞出現，是指辭賦和其他作品，文學概念逐漸形成。及至六朝時期，文筆說興起，對於文學體制的辨析和文學性質的探討，漸趨縝密。當時，有許多文學批評都認爲抒發眞感情、強調“緣情”、“文采”、突出文學形式之美甚至聲律美，是文學所應發展的方向，故有所謂的“文筆之辨”與「五色相宜，八音協暢」之“聲律說”之產生。劉勰於《文心雕龍‧總術篇》說道：

---

〔註90〕詳參劉勰著，周振甫注，《文心雕龍注釋》，頁815。

　　今之常言，有文有筆；以爲無韻者筆也，有韻者文也。夫
　　文以足言，理兼詩書，別目兩名，自近代耳。〔註91〕

所謂「近代」係指晉代。文筆之分在劉勰時雖已盛行，但劉勰則認爲
"文"應包括文、筆，且都是需有文采的，其對"文"的看法是採廣
義說法的〔註92〕。但基本上，劉勰仍是接受有韻爲文、無韻爲筆之時
代看法的，因其著作《文心雕龍》的編排體例，即是按照"文"、"筆"
分別論述的：上編論文體；第六篇至第十五篇都是有韻之文（詩、樂
府、賦、頌、讚、祝、萌、銘、箴、誄、碑、哀、弔、雜文、諧讔諸
體）；第十六篇至第廿五篇都是論述無韻之筆（史傳、諸子、論、說、
詔、策、檄、移、封禪、章、表、奏、啓、議、對、書、記諸體），其
有韻無韻的體制區別是極爲清楚的。可見當時文筆說對於文人的文學
看法的影響，必然甚深。這種把文學區分爲有韻之文和無韻之筆的看
法，強調音韻對於"純文學"的重要性，主要是自晉代時興起〔註93〕，
而後至南朝時，更益發形成形式主義的文學風潮。梁元帝蕭繹的《金
樓子・立言篇》即從形式方面著眼，對於"文"提出更多的要求：

　　古人之學者有二，今人之學者有四。夫子門徒，轉相師受，
　　通聖人之經，謂之儒。屈原、宋玉、枚乘、長卿之徒，止
　　於辭賦，則謂之文。今之儒，博通子史，但能識其事、不

---

〔註91〕詳參劉勰著，周振甫注，《文心雕龍注釋》，頁 801。

〔註92〕詳參《文心雕龍》〈總術篇〉所云。

〔註93〕王運熙、顧易生主編《中國文學批評史》（上冊）云：「在漢代，『文』
　　　和『文章』都兼指有韻、無韻之作，沒有使用『筆』這一名稱來專
　　　指無韻的作品，並與『文』相對舉。王充《論衡》中有好幾處『文』、
　　　『筆』兩詞同時出現，但『文』是指一切文章，『筆』是指作爲工具
　　　的筆或文人的用筆，文筆並不是指兩類不同的作品。……漢代又有
　　　筆札的名稱，如《漢書・樓護傳》：『谷子雲筆札，樓君卿喉舌。』……
　　　《論衡・量知》：『文吏筆札之能。』又同書《效力》：『谷子雲章奏
　　　百上，筆有餘力。』這裡的筆札或筆，是指章表奏議等一類臣僚官
　　　吏日常應用的文章，意思和六朝時代的筆接近，後世『筆』這一名
　　　詞當即由此而來；但它還沒有與文相對待，專指無韻的文章。到晉
　　　代，我們看到人們已經明確地用筆來指無韻之文。」（台北市：五南
　　　圖書出版，1993 年 3 月二版一刷，頁 121～122）

能通其理者，汎謂之學。至如不便爲詩如閻纂，善爲章奏
如伯松，若此之流，汎謂之筆。吟詠風謠、流連哀思謂之
文。〔註94〕

所謂「吟詠風謠、流連哀思謂之文」，即是認爲文學應著重於抒情性
的發揮。故其又云：

筆退則非謂成篇，進則不云取義，神其巧惠，筆端而已。
至如文者，惟須綺縠紛披，宮徵靡曼，脣吻遒會，情靈搖
蕩。而古之文筆，其源又異。〔註95〕

由上述引文可知，蕭繹對於文學之看法，更著重於形式上之要求。他
強調文學上之音律必須「宮徵靡曼，脣吻遒會」，使人讀來有音韻節
奏相協之美感；文字上必須「綺縠紛披」，辭采華美；風格上則必須
洋溢「情靈搖蕩」、「流連哀思」之情調。這些觀點雖然有形式主義之
取向，但對於文學"抒情性"之著重，無疑是大爲提昇與講求，相對
地，由另一方面來看，對於文學"敘事性"之發展，則多少侷限了其
發展空間。是故，六朝普遍"重文輕筆"的文藝觀點，一方面促使創
作走向辭采華美、對偶工整、情調俳惻、風格輕豔的唯美文學道路，
使詩歌的抒情性相較於兩漢而言，有明顯的加強趨勢；但相對的，興
起於戰國，盛行於兩漢的敘事詩，至此雖仍有發展，但亦漸趨式微，
不再獨當一面。

　　此外，形成於南齊的聲律論，對於詩賦格律化的要求，也使敘事
詩的發展多少被抑制。聲律論形成於南齊，它要求文學作品（特別是
詩歌）注意聲調節奏的變化與和諧，故提出比較嚴密的格律，以求取
得語音的和美。在南齊沈約等人的聲律論未正式提出前；西晉陸機《文
賦》即云：「其會意也尚巧，其遣言也貴妍。暨音聲之迭代，若五色
之相宣。」李善《文選注》亦云：「音聲迭代而成文章，若五色相宣
而爲繡也。」可見西晉時，文人已認識到聲律在文學創作上之重要，

〔註94〕詳參蕭繹《金樓子‧立言篇下》。
〔註95〕詳參《知不足齋叢書》本卷四。

但此時只是注重自然聲調的和諧，還並未嚴格規定音韻之分別。太康
時代的詩文更趨華美，多少跟聲律的講求，有一定的關連。而後，南
朝劉宋范曄在〈獄中與諸甥姪書〉中，亦云：

> 性別宮商，識清濁，斯自然也。觀古今文人，多不全了此
> 處；縱有會此者，不必從根本中來。言之皆有實證，非爲
> 空談。年少中，謝莊最有其分。手筆差易，文不拘韻故也。
> 〔註96〕

范曄所說的「別宮商，識清濁」，乃是指語言聲調高低輕重的不同。在
平、上、去、入四聲之說還沒有正式成立之前，人們往往借用音樂上的
"宮、商、角、徵、羽"五種聲調之字眼來表示語言聲調之差異。范曄、
謝莊雖然並未提出系統的聲律理論，但也已自覺地追求語言聲音之協暢
和美，可見南朝時對於聲律作用於文學上功能，已深爲留意與講求。及
至南齊，王融、謝朓、沈約等人的提倡，聲律論才正式形成：

> 永明末盛爲文章。吳興沈約、陳郡謝朓、琅玡王融，以氣
> 類相推轂。汝南周顒，善識聲韻。約等文皆用宮商，將平、
> 上、去、入四聲，以此制韻，有平頭、上尾、蜂腰、鶴膝。
> 五字之中，音韻悉異；兩句之內，角徵不同。不可增減，
> 世呼爲永明體。〔註97〕

聲律論之形成，與南朝佛教盛行、佛經轉讀之風日盛，文人受到佛經
轉讀而注意聲韻之美有極大關係。陳寅恪於〈四聲三問〉中即說：

> 中國入聲，較易分別。平上去三聲，乃摹擬當日轉讀佛經
> 之三聲而成。轉讀佛經之三聲，出於印度古時聲明論之三
> 聲也，於是創爲四聲之說，撰作聲譜。借轉讀佛經之聲調，
> 應用於中國之美化文，四聲乃盛行。永年七年二月二十日，
> 竟陵王子良大集沙門於京邸，造經唄新聲，爲當時考文審
> 音一大事，故四聲說之成立，適值永明之世，而周顒、沈
> 約之徒，又適爲此新學說之代表人也。

---

〔註96〕詳參沈約《宋書》卷六十九〈范曄傳〉。
〔註97〕詳參《南史》〈陸厥傳〉。

講求四聲八病的聲律論之成立，乃是受到佛經轉讀的影響，自此以後，詩文的韻律日益嚴格，平仄講求日益精密。從前在詩歌吟詠上，只求自然聲調上和諧即可；但齊梁之後，聲律論成爲文學的重要元素，當時的文人，爲了運用這新起的聲律，往往不重視文學的內容，只求符合四聲八病之論，造成文學只片面化地著重聲韻之美。整個六朝詩賦駢文的創作，日益追求形式美之過程，可說是與聲律論的發展緊緊伴隨的。

　　但聲律的束縛，在一定的程度上，多少制約了敘事詩的發展。屈、宋賦屬於戰國的新詩體，並無聲韻格律的嚴格要求，僅求音韻自然和諧即可，且在篇幅上亦較之《詩經》宏大恣肆，自然在敘事上，有許多發揮的空間。漢賦亦是詩體，但篇幅體制更爲宏大，在音韻上仍是求其和諧通暢即可，在風格上亦不刻意強調需「情靈搖蕩」、「流連哀思」，故於敘事之發揮，自然有許多利於成長的條件。但六朝的聲律論講求聲調的變化流美，「一簡之內，音韻盡殊；兩句之中，輕重悉異〔註98〕」，字音不僅必須有變化，且「若前有浮聲，則後須切響〔註99〕」，亦即平聲與上去入三聲，必須間隔使用、注重平仄的協調，可說是清規戒律繁多，難免束縛了創作的自由，故對於"敘事"，尤其是長篇敘事的持續茁壯成長必然有抑制之作用。一般而言，古詩形制自由，對於音韻格律不若格律詩講求篇有定句、句有定字、對仗需工整、押韻有固定格式化等之束縛，故較適合於自由地書寫世態人情、鋪敘故事，目前被學界視爲敘事詩者，便大多爲古詩歌行體，而非嚴整聲律的近體詩，可見聲律論的講求，多少侷限了敘事詩發展的空間。正如余松先生在〈語言視野中的古典敘事詩〉一文所云：

　　　　敘事詩創作的高潮不在詩歌最盛的唐代，反而形成於詩歌
　　　　格律化運動的前夜，且不說別的，語言，就在當中扮演了
　　　　一個相當重要的角色，漢魏詩歌的語言，從審美化角度

〔註98〕詳參沈約《宋書·謝靈運傳論》。
〔註99〕詳參沈約《宋書·謝靈運傳論》。

講，自然拙樸、形式簡單、意象疏淡，但指稱明確，陳述
性強，詩句大都前後承續，環環相扣，以線性結構見
長。……這種比較適合於敘事詩語言建構要求的語言，自
然為敘事詩的生長提供了良好條件，宋齊以後，受漢語言
文字特質深深濡染的中國詩人，在有意識地提高詩歌藝術
水準的過程中，很自然地忽略了敘事詩和抒情詩語言建構
上的不同要求，錯誤地把完善抒情詩語言建構當作提高語
言藝術品位的唯一途徑。大規模的格律化運動，實際上成
為一場冷落敘事詩而全力提高抒情詩語言建構水平的運
動。〔註100〕

上述說法主要是針對狹義詩歌中的敘事詩而言，但對於聲律論不利
於敘事詩發展之論點而言，確有見諦。總之，中國詩歌的高度形式
化（格律化）對於敘事詩的發展，無疑是一道無形的屏障。

　　但必須說明的是，六朝時期的文學思想雖然造成抒情詩的復甦
及侷限了敘事詩的發展，但並不意味著敘事詩在詩歌舞台上完全被
抒情詩所取代，二者其實是雙向並行，分流發展的。以敘事詩而言，
此時仍是有其傑出的表現〔註101〕，只是與敘事詩在戰國兩漢的盛行
來相較，自然在程度上呈顯了由強盛轉趨式微的發展軌跡。

〔註100〕詳參余松〈語言視野中的古典敘事詩〉，《雲南師範大學學報・哲學
社會科學版》第26卷第2期，1994年4月，頁59～66。

〔註101〕以狹義的詩（不包含賦）而言，傑出之敘事詩如曹操〈苦寒行〉、〈薤
露行〉、〈秋胡行〉、〈短歌行〉、曹丕〈見挽船士兄弟辭別詩〉、曹植
〈白馬篇〉、〈名都篇〉、稽康〈幽憤詩〉、王粲〈七哀詩（西京亂無
象）〉、〈詠史詩〉、〈從軍詩〉、阮瑀〈駕出北郭門行〉、陳琳〈飲馬
長城窟行〉、繁欽〈定情詩〉、陸機〈從軍行〉、左延年〈秦女休行〉、
傅玄〈秦女休行〉、〈秋胡行〉、〈豔歌行〉、張華〈輕薄篇〉、〈游獵
篇〉、左思〈嬌女詩〉、陶潛〈桃花源詩〉、〈詠荊軻〉、顏延之〈秋
胡行〉、北朝無名氏〈木蘭詩〉等，不及備載者，請詳參洪順隆著
《抒情與敘事・論六朝敘事詩》（頁133～193）、路南孚編《中國歷
代敘事詩歌——先秦漢魏晉南北朝編》、彭功智編《中國歷代著名
敘事詩選》或吳慶峰《歷代敘事詩賞析》等書。至於賦的部分，留
待下一部分「賦的存在象徵敘事詩的存在」再論述。

## 二、賦的存在象徵敘事詩的存在

　　敘事詩的本質，就是以詩體來敘事。"事"是敘事詩的主要元素。作為敘事詩本質的"事"，在本文的義界中，主要是指由人物、事件、情節、時空等因素所組合而成的有組織、有脈絡關係的"事"。中國詩歌的傳統寫作手法，向來被概分為"賦"、"比"、"興"，其中的"賦"是指鋪陳敘事而言，其意涵本就含有"敘事"之意，故敘事詩的創作手法，必是以"賦"作為本質。這種以"賦"（敘事）為主的詩歌手法，蔚為大流之後，便是戰國兩漢被稱為辭賦之新詩體，此後，賦在中國詩歌史之發展不曾斷絕，其間的敘事手法雖隨著時代、文化、美學、文學等因素之不同而略有改變，但其敘事之本質始終如影相隨，故欲探析中國敘事詩之風貌及其發展，實應留意"賦"之發展軌跡。

　　漢末以來，賦的抒情成分增多，主要表現在感時傷逝這一主題上。陸機〈文賦〉說：「遵四時以歎逝，瞻萬物而思紛。悲落葉於勁秋，洗柔條於芳春。心懍懍以懷霜，志眇眇而臨雲。〔註 102〕」這種感時傷逝的賦作，主要是祖述宋玉〈九辯〉的題材與風格，著力於抒發主觀感受，故抒情成分自然較之漢賦為重，且篇幅上一般皆較為簡短，自然限制了鋪敘的展開，加以此種賦作追求字句清麗雅致，清麗風格的提倡自然正面衝擊了自漢代以來所樹立的"鋪采摛文"之風格，可以說這種抒情化、簡約化的賦作，使得賦與詩（指狹義性的詩）幾乎沒有分別，例如湛方生〈秋夜〉、蘇彥〈秋夜長〉、何瑾〈悲秋夜〉、謝琨〈秋夜長〉、王廙〈春可樂〉、夏侯湛〈春可樂〉、〈秋可哀〉、〈秋夕哀〉、〈江上泛歌〉、謝莊〈山居憂吟〉、〈懷園引〉、〈雜言詠雪〉等，雖都是用楚辭體來寫景抒懷，但體制偏於短小，可看出此時詩賦融合的傾向。但事實上，這些被號稱為抒情小賦的作品，只是篇幅較為短小、通篇洋溢著「情靈搖蕩」、「流連哀思」之風格，但其創作手法仍

---

〔註102〕詳參周啓成等註譯，《新譯昭明文選・文賦》，頁 671。

是充分運用"賦"的敘事筆法的,例如謝惠連的〈雪賦〉及謝莊的〈月賦〉便是其中佼佼者。謝惠連的〈雪賦〉打破傳統詠物賦的格局,而假託西漢時梁孝王劉武、司馬相如、鄒陽、枚乘諸人,在兔園賞雪作賦的故事。其敘事模式應是仿效前代賦作假設人物互為問答的手法。賦中主旨雖在描寫"雪",卻展示出一則有人物、動作、情節、時空背景交織完善的故事,雖然篇幅不大,但確實是一篇敘事結構井然有秩的作品:

> 歲將暮,時既昏。寒風積,愁雲繁。梁王不悅,游於兔園。迺置旨酒,命賓友,召鄒生,延枚叟。相如末至,居客之右。俄而微霰零,密雪下。王迺歌〈北風〉於衛詩,詠〈南山〉於周雅。授簡於司馬大夫,曰:「抽子秘思,騁子妍辭,侔色揣稱,為寡人賦之。」相如於是避席而起,逡巡而揖。曰:「臣聞雪宮建於東國,雪山峙於西域。……馳遙思於千里,願接手而同歸。」鄒陽聞之,懣然心服。有懷妍唱,敬接末曲。於是迺作而賦積雪之歌。歌曰:「攜佳人兮披重幄,援綺衾兮坐芳縟;燎薰鑪兮炳明燭,酌桂酒兮揚清曲。」又續而為白雪之歌,歌曰:「曲既揚兮酒既陳,朱顏酡兮思自親;願低帷以昵枕,念解佩而褫紳。怨年歲之易暮,傷後會之無因;君寧見階上之白雪,豈鮮耀於陽春!」歌卒,王乃尋繹吟翫,撫覽扼腕,顧謂枚叔:「起而為亂。」亂曰:「白羽雖白,質以輕兮;白玉雖白,空守貞兮。未若茲雪,因時興滅。玄陰凝不昧其潔,太陽曜不固其節。節豈我名!潔豈我貞!憑雲陛降,從風飄零。值物賦象,任地班形。素因遇立,汙隨染成。縱心皓然,何慮何營?」[註103]

由引文中可看出,〈雪賦〉的敘事結構模式,先營造出人物登場前大雪將至的情景與氣氛,連用四個三字句,點出了時間背景,而後敘述梁王心情鬱悶來至兔園遊覽,為解憂消煩,遂擺酒席,邀請文士賓客前來歡敘,以此來點出了空間及陸續登場的人物——鄒陽、枚乘、司

---

〔註103〕詳參周啟成等註譯,《新譯昭明文選·雪賦》,頁521~526。

馬相如。而後再依序敘述人物的對話內容，以構築成一幕有情節相續的動態敘事。故〈雪賦〉實是以敘事手法來佈局的。

　　此外，謝莊的〈月賦〉歷來被人們與〈雪賦〉並稱，二者的內在涵蘊雖然都是抒情氣息濃厚的，但其運用之寫作手法，並非單純靜態地抒情，而是以敘事筆法交代出人物與事件經過，藉由人物對話將月色秋景及月下情懷呈現出來，情節雖精鍊，但環環相扣具連貫性，故仍是藉由敘述事件始末以將情感托出的敘事手法：

> 陳王初喪應劉，端憂多暇。綠苔生閣，芳塵凝榭。悄焉疚懷，不怡中夜。迺清蘭路，肅桂苑；騰吹寒山，弭蓋秋阪。臨濬壑而怨遙，登崇岫而傷遠。於時斜漢左界，北陸南躔。白露曖空，素月流天。沈吟齊章，殷勤陳篇。抽毫進牘，以命仲宣。仲宣跪而稱曰：「臣東鄙幽介，長自丘樊，……若夫氣霽地表，雲斂天末。洞庭始波，木葉微脫。菊散芳於山椒，雁流哀於江瀨。升清質之悠悠，降澄輝之藹藹。列宿掩縟，長河韜映。柔祇雪凝，圓靈水鏡。連觀霜縞，周除冰淨。君王乃厭晨懽，樂宵宴。收妙舞，弛清縣。去燭房，即月殿。芳酒登，鳴琴薦。若乃涼夜自淒，風篁成韻。親懿莫從，羈孤遞進。聆皋禽之夕聞，聽朔管之秋引。於是弦桐練響，音容選和。徘徊房露，惆悵陽阿。聲林虛籟，淪池滅波。情紆軫其何託，愬皓月而長歌。歌曰：『美人邁兮音塵闕，隔千里兮共明月。臨風歎兮將焉歇，川路長兮不可越。』」歌響未終，餘景就畢。滿堂變容，回遑如失。又稱歌曰：「月既沒兮露欲晞，歲方晏兮無與歸。佳期可以還，微霜霑人衣！」陳王曰：「善。」乃命執事，獻壽羞璧：「敬佩玉音，復之無斁。」〔註104〕

〈月賦〉是假託曹植與王粲之對話，構築出敘事情節及事件始末。起首先敘述陳王（曹植）因為應瑒、劉楨去世而憂傷，到了夜半心中仍是悶悶不樂。遂命人打掃長滿蘭草的道路以及將長滿桂樹的苑囿清理

---

〔註104〕詳參周啟成等註譯，《新譯昭明文選・月賦》，頁527～532。

乾淨，並趁著月夜，乘車至寒山演奏音樂，但登上高山反而更覺傷感，
遂差人送去筆墨簡牘，請王粲作一篇賦。敘事至此，已將事件的發生
緣由及時空背景、人物等敘事因素交代出來，而後再敘述王粲賦作之
內容。其中，假託王粲作賦之內容，有段描述月下美景及帝王夜宴賞
月的情景，敘事刻畫細緻，且極為動態化，使人如同親臨其境般。故
由此可知即便是瀰漫抒情氣息的這類小賦，若是以鋪敘事件過程的敘
事筆法為之，亦應將其歸屬於敘事詩。此外，被視為抒情性濃厚的潘
岳作品，如〈閒居賦〉、〈懷舊賦〉、〈寡婦賦〉等作，其寫作手法亦是
以鋪敘手法，娓娓歷述所遭遇之事，或代擬其妹之心情，以意識流的
手法寫其喪夫之心路歷程，皆是糅合抒情筆調但以事件流程呈現為主
的筆法，故皆是以敘事手法經營之作品。

　　此外，王粲〈羽獵賦〉、曹植〈洛神賦〉、〈骷髏賦〉、〈酒賦〉、〈蘇
遊賦〉、曹丕〈愁霖賦〉、曹操〈登台賦〉、嵇康〈琴賦〉、左思〈白髮
賦〉、鮑照〈蕪城賦〉、潘岳〈藉田賦〉、〈西征賦〉、夏侯湛〈貧家賦〉、
〈玄鳥賦〉、木華〈海賦〉、郭璞〈江賦〉、〈流寓賦〉、袁彥伯〈北征
賦〉、張華〈鷦鷯賦〉、成粲〈平樂市賦〉、顧愷之〈觀濤賦〉、庾信〈哀
江南賦〉、顏之推〈觀我生賦〉、孫綽〈遊天臺山賦〉、顏延之〈赭白
馬賦〉等，亦皆是運用敘事手法來呈現的作品，即便有些作品於字裡
行間所流露之抒情氛圍甚為濃厚，但亦是透過鋪敘事件而後再將感慨
隨勢托出，並非只是靜態的抒情。例如曹植的〈洛神賦〉向來被視為
是抒情之作，但全詩通篇鎔鑄神話題材，通過夢幻情境般的情節描
寫，想像豐富，結構完整地敘述了一場人神相戀繼而分離的事件，可
說是通過講故事式的筆法來完成，其敘事之鮮明本自明矣，故仍應視
其為敘事詩。此外，嵇康的〈琴賦〉雖是詠琴之賦，但其格局仿效漢
賦寫作手法，從「余少好音聲」之緣由敘起，再對於製琴梧桐生長之
處加以渲染，進而鋪敘隱逸之士來到梧桐生長之地遊覽，本是欲滌除
塵襟，省悟世俗牽累，但看到梧桐林立，便興起砍削梧桐側枝，製成
雅琴以撫琴訴志之願，而後便細述名工琴師在當地合造雅琴的工作情

形；雅琴製作完成後，再刻畫冬夜月下美女撫琴彈奏的情形，細緻形
容其彈琴時的琴音變化與諸般手法，最後才總述琴的感染力對於心靈
的影響，並感嘆識琴音者稀少。由此可知，〈琴賦〉通篇不專主於刻
畫琴聲，而以層層堆疊的鋪敘筆法，巧妙地融合人、事、物，交織出
有情節貫串、有時空流動變化感的動態敘事。其作品的內在意涵雖是
欲抒發作者身處黑暗時代，胸中抱負無人賞識之感慨，但通篇未明
言，反而是通過敘事而將內在隱然情意托出，相較於前代王褒的〈洞
簫賦〉及馬融的〈長笛賦〉之作，〈琴賦〉的敘事結構可說更具情節
性。再如木華的〈海賦〉，主要是描述大海的廣闊壯麗，進而歌頌大
海謙卑自居、容納百川的品德；但其中對於出航至海上的使者、船夫、
漁人所遇到的種種驚異與神怪之事，以誇張和幻想的手法鋪敘出來，
敘事極為生動，茲援引於下：

> 若乃偏荒速告，王命急宣。飛駿鼓楫，汎海淩山。於是候
> 勁風，揭百尺，維長綃，掛帆席。望濤遠決，同然鳥逝。
> 鷸如驚鳧之失侶，倏如六龍之所摯，一越三千，不終朝而
> 濟所屆。若其負穢臨深，虛誓怒祈，則有海童邀路，馬銜
> 當蹊。天吳乍見而髣髴，魍像暫曉而閃屍。群妖遘迕，眇
> 眇冶夷。決帆摧橦，戕風起惡。廓如靈變，惚怳幽暮。氣
> 似天霄，霙霩雲布。儵昱絕電，百色妖露。呵嗽掩鬱，曠
> 眽無度。飛潦相碨，激勢相沏。崩雲屑雨，浤浤汩汩。……
> 潅沸渹渭，蕩雲沃日。於是舟人漁子，徂南極東，或屑沒
> 於黿鼉之穴，或掛胃於岑嶅之峰。或挈挈洩洩於裸人之國，
> 或汎汎悠悠於黑齒之邦。或乃萍流而浮轉，或因歸風以自
> 反，徒識觀怪之多駭，乃不悟所歷之近遠。〔註105〕

此段是描述出使在外的使者，航行在海上時，船隻疾馳速度之快，如
同六龍駕駛的日車一般，一日三千里，很快便到達目的地。而若是有
人身負罪愆、虛為誓約、欺蒙神靈來到海上，則海童、海中神怪必會
攔截之，此時水神"天吳"將會出現，水怪現行、群妖相聚來犯，個

---

〔註105〕詳參周啓成等註譯，《新譯昭明文選·海賦》，頁484。

個皆張大眼睛露出媚態，此時帆破桅傾，暴風也肆虐起來，天地間幽暗不明，海神吹氣於天霄，雲霧瀰漫、閃電隆隆，各色各樣的妖怪出現，極盡光色閃耀地眩惑人心。加以波濤洶湧，相激相盪，發出浤浤汩汩之聲，航行在海上的船夫與漁人，都被沖得四處分散，有的粉身碎骨地沈沒在黿鼉的洞穴之中，有的則被吊掛在山石之上，有的則隨風飄流到"裸人國"，有的則隨水漂流到"黑齒邦"，也有的人僥倖地飄盪回到故里，但他們只記得所見的那些令人驚駭的海上怪異景象，卻不記得航行的路程的遠近了。如此細緻生動的傳神敘事，主要是因為作者將大海之"其為廣也"、"其為怪也"、"其為大也"之特徵，結合海上的種種神話傳說，以夸飾、想像性的敘事筆法極力鋪陳之，故使人讀之猶如經歷一場海上歷險般逼真。凡此，皆是辭賦善用敘事手法呈現之故。

另一方面，抵制賦的詩化及抒情化傾向，極力使賦忠於其敘事性之文人，亦在此時仍持續創作出不失賦之敘事風貌的作品，例如何宴〈景福殿賦〉、左思〈三都賦〉等，便是延續漢賦以來所開創的京都、宮殿賦之題材，以鋪采摛文的敘事手法，宏大體制的篇幅，來重現賦作馳騁敘事的面向。

歷來論及六朝辭賦之文學史或辭賦史論著，總認為此時期之賦出現大量抒情篇章，「或壓抑苦悶，或傷逝悼亡，或懷古傷今，或追求享受，或寫遁世之情，或寫羈臣之恨〔註106〕」，可以說「封建時代，各種遭遇的文士的典型感情，全都凝聚在這一時期的辭賦作品之中〔註107〕」，故總結地認為「魏晉以來，賦已由以狀物為主，轉而為以抒情為主。〔註108〕」誠然，六朝時期之辭賦，其抒情色彩的呈現確

---

〔註106〕 詳參郭維森，許結著，《中國辭賦發展史》，江蘇教育出版社，1996年第一版，頁206。

〔註107〕 詳參郭維森，許結著，《中國辭賦發展史》，江蘇教育出版社，1996年第一版，頁206。

〔註108〕 詳參馬積高著，《賦史》，上海：上海古籍出版社，1987年第一版，頁212。

實較之漢賦爲濃爲烈，但綜觀此時期賦作內容，即便意在抒情言志，
也都是先透過“敘事”再將所寓之情躍然而出，故在創作手法，仍是
以“賦”之鋪陳敘述爲主，此不可不辨明。再者，敘事作品講求的是
將事件始末及人物發展陳述或表現出來，詩歌的基本性格則在於“抒
情”，當敘事結合詩歌體裁時，自然會發揮其基本的敘事功能，但亦
會將詩歌的抒情功能內化於其中，故企圖通過動態的敘事以便將所欲
抒發之情隨勢呈現，便是中國敘事詩善用之表現手法，亦可說是“感
於哀樂，緣事而發”的具體呈現，進一步而言，正是劉熙載所云：「賦
起於情事雜沓，詩不能御，故爲賦以鋪陳之。……賦，詩之鋪張者也。
〔註109〕」是故，一旦作者選定以“賦”來創作時，基本上便是欲藉
由鋪陳事件以將“感於哀樂”之情表現得更爲具體、更能興發讀者共
鳴，故總結地說：賦之爲敘事詩之功能，便即在此。有了此點認識之
後，我們認爲辭賦的基本性質便是以鋪陳敘事來抒情、議論、說理或
勸誡，它的存在基本上就是以“敘事詩”之姿存在的，故賦的存在實
即象徵敘事詩的存在。

　　六朝之後的唐代、宋代，雖然在賦的形態上，又有律賦、散文賦
等之流變，但題材、內容上大多不出戰國兩漢暨六朝之範疇，而其寫
作手法亦皆是不脫離鋪陳敘事之基本路向，故在此不再贅述。此外，
在中國文學的發展上，詩賦向來是並行的，唐、宋科舉考試皆以詩賦
取士即可得知賦在文學中的重要地位。一般而言，詩歌總是以抒情爲
主（指狹義性之詩），故若詩歌以敘事爲主要創作手法時，總被視爲
是變格，或被認爲比、興意味不夠深遠等。但由古詩之中所衍生而出
的賦，基本的創作動機便是欲以鋪陳敘事來作爲詩歌的另一種樣貌，
其“敘事”之質，一開始便已揭示，故敘事以逞情或敘事以詠懷，便
是中國敘事詩──賦──所秉持的發展方向。

　　綜上所述，本文認爲：中國詩歌以抒情爲主流發展之情形，是向

---

〔註109〕詳參劉熙載著，《藝概‧賦概》，頁122。

來文學史的主張；論及各朝代敘事詩者，也多半界定在狹義敘事詩之範疇內取材，故每一朝代足堪稱爲敘事詩者，數目自然不多，論者更因而據此認定中國詩歌是抒情的天下之結論。但本文已辨明“賦”本爲敘事詩之實，且詩賦並行一直是歷史上已然之事實，那麼對於詩歌史以往之認識實有必要重新斟酌。因爲詩賦並行既然是六朝以來的趨勢，那麼賦的存在若象徵著敘事詩的存在，則中國詩歌自六朝以來，便是抒情與敘事雙向並行的發展軌跡。

# 第六章　結　論

　　西方詩學較具科學精神的分類法，將詩歌概分爲敘事詩、抒情詩和戲劇詩，以此之故，在中西文學交流頻繁的五四時期，也引發了中國學者對詩歌分類的省思，提出了許多見解。對於中國敘事詩的研究，是晚近以來新生的課題，直至目前，仍有許多待開發的研究空間。民國以後，學界對於中國有無敘事詩之爭議，始終爭論不斷：有些學者認爲中國根本沒有敘事詩或史詩，而只有抒情詩；有些學者雖認爲中國有敘事詩，但各家定義敘事詩的見解，則包羅萬象，不盡相同。中國詩學中，本無"敘事詩"之名，學界目前所引用的"敘事詩"之名，乃是當代中國人借鑑西方文學理論之後所形成的觀念，故在定義中國敘事詩之概念時，往往都援引西方史詩之定義來規範中國敘事詩，此不僅造成概念誤植且使得中國敘事詩之面貌更形模糊。故本文透過考察中國古籍中"敘事"之概念，梳理出"敘事"在中國文學中的發展流程，進而歸納出中國雖無"敘事詩"之名，但實有敘事詩存在之實。目前學界對於中國敘事詩之研究，大多侷限於狹義性詩歌範疇〔註1〕，此部分之研究自有其不可抹滅之價值〔註2〕。但其中對於敘事詩之分析，容或有誤解及未周全之處者，即是本文研究之所以成

〔註 1〕詳參本文第一章註1。
〔註 2〕詳參本文第一章註3。

立之因。故本文除了汲取前賢已論述完確之意見外，對於既有基礎上已然邏輯有誤之論述，亦一併予以檢討，進而重整、建構出本文立論之點。此外，中國敘事文學中的詩歌部分，不應僅止於狹義性詩歌範疇；對於敘事特質極為鮮明濃厚的“賦”，自應正視其文體定位，將之歸入詩林中，但目前為止的有關中國敘事詩之研究專著中，並未有此方面之探討，故我們為求釐清並完善中國敘事詩之面貌，擬從賦的文體定位切入，深入考察其與敘事詩之關連，冀期透過前述各章之演繹、分析，得出賦實為中國敘事詩之結論，並進而重新詮釋中國敘事詩之發展歷程。此外，在論述的理論基礎上，除了運用中國文論中歸納出的“敘事”理論來分析賦的敘事性外，基於論文切入角度之所需，亦會適當援引西方敘事理論以為分析，之所以如此，並非欲以西方文學理論作為詮釋中國文學之準則，而是因為在援引理論的前置作業中，已將中西方“敘事”定義及文化作一考察比較，歸納分析出二者之同異，再於其同中取其較具普世性之適當理論，作為本文分析賦的“敘事手法”或“敘事特質”時之補充依據，以求明確論述賦本為中國敘事詩之結論。茲將研究成果，歸納為下列五點：

## 一、中國敘事詩的定義及其主要表現特徵

敘事詩，簡而言之，便是以詩體來敘事之作品。欲瞭解中國敘事詩之實，並需先考察中國“敘事”之衍變。檢閱中國古籍，得知“敘事”一詞之記載，最早出現在《周禮・春官》中，主要是說明內史依照尊卑次序的行事法則，故有“依序行事”之意。此時的“敘”字，，乃是含有“次序”、“順序”之意涵。而《國語・晉語三》所云的：「紀言以敘之，述意以導之。」又顯示出與“敘”字在當時已具足目前最通用的“記敘”、“敘述”之動詞含義。唐代劉知幾的《史通》裡，特設〈敘事〉篇，就其內容來看，所謂的“敘事”，即記述史實之意，所記之對象，即歷史中的人物言行；此時的“敘事”主要被視為史傳撰寫方式來論述，故“敘事”發展至此，已被視為一種寫作法

度。南宋眞德秀編選的《文章正宗》裡，亦明列“敘事”一文體，仍
是將敘事與史書連在一起說，認爲敘事作爲一種寫作手法，主要是作
用在史書的撰寫之上，強調所謂的“敘事”，主要是敘述一代、一事、
一人之始終者。然，所謂的“始終”，即寓含了時間的流動、空間的
移轉，可說是紀錄一動態的過程；而無論是一代或一事，其故事皆脫
離不了人物在其中，所以我們認爲展現人物在時間、空間中的故事發
展，可說是中國“敘事”的主要特質。

　　此外，中國文論中除了探討“敘事”在史傳文章寫作上的技巧之
外，清代劉熙載《藝概》卷二〈詩概〉，則已將“敘事”從史傳的寫
作手法一範疇上，轉移到評價詩歌的寫作手法上，其云：「杜陵五七
古敘事，節次波瀾，離合斷續，從《史記》得來，而蒼莽雄直之氣，
亦逼近之。」此處主要是稱讚杜甫的五七古詩善於敘事，並推論其善
於敘事的詩歌風格乃源自《史記》，可見詩中運用“敘事”手法，早
已是事實，自然也不僅止於杜甫方始爲之。《藝概·詩概》又云：「誦
顯而歌微。故長篇誦，短篇歌；敘事誦，抒情歌。長篇宜橫鋪，不然
則力單；短篇宜紆折，不然則味薄。長篇以敘事，短篇以寫意，七言
以浩歌，五言以穆誦。」引文中已將詩歌分類爲敘事與抒情，認爲敘
事詩宜誦、抒情詩宜歌，長篇詩歌主要在於敘事鋪陳，短篇詩歌則主
要在於迂迴寫意。可見中國敘事詩之概念，在古文獻中雖未有全面性
之系統論述，但亦有初步的概念形成，而其概念自然是歸納自古典詩
歌材料，故循其線索以抽絲剝繭，將中國敘事詩之原貌探勘出來，即
爲本文重點之一。

　　考察中國古典文論中對於“敘事”之概念後，再進而結合近人研
究成果，挽正其訛誤之處，我們認爲中國敘事詩之定義及特徵爲以下
幾點：

　　【定義】：

　　　以詩歌形式來敘述人物在時間、空間中的故事發展就是敘事詩。

簡而言之，以敘述故事為主要表現手法的詩歌就是敘事詩。

【特徵】：

（一）中國敘事詩由於受到"言志"理論的影響，使得中國古典敘事詩皆是借事抒情、借事詠懷或敘事以勸誡。故"敘事"是主要寫作手法，但詩歌基本語調則仍是抒情的，可說是敘事與抒情交融為一。

（二）中國敘事詩並不侷限於以第三人稱敘事的詩作，以第一人稱敘事的詩作亦屬之。

（三）中國敘事詩的特質在於詩中是否以敘述故事為主要表現手法為判別標準，而不在於篇幅長短為否。只是篇幅長者，確實有更利於敘事的效果，所以被視為成熟敘事詩之作品，大都皆是以長篇出之。

（四）中國敘事詩的"情節"，是藝術概括性強而具有較大的跳躍性的，只要能在詩中呈現出一精鍊、概括的故事情節，即便礙於篇幅短小，只是一個橫斷面的呈現亦皆屬之。

（五）中國敘事詩既然是以敘述故事為主要表現手法的詩歌，所以詩中必然會表現時間的流動與空間的變化，因為故事情節之發展必然是伴隨時空因素的。以是之故，我們亦可說詩歌的「敘事」筆法，即是展現動態過程的敘寫手法。

（六）中國敘事詩所運用的敘事筆法，除了忠實體現古文獻中所云之具"記敘"、"敘述"意涵外，溯其源頭，即是詩經六義之一的"賦"，亦即"鋪陳其事，展開來寫"的敘事手法。此外，中國敘事詩的寫作手法並非只侷限於寫實筆法，夸飾技巧、傳奇手法，亦皆有之。

目前學界大都不將楚辭（指屈、宋賦而言）與漢賦中的敘事作品視為敘事詩看待，但細究這些作品，許多作品實有本文所分析的"敘事"特質，且楚辭與漢賦本就是詩，卻在論述敘事詩發展史上，總是

被忽視或否認，故我們認為中國早期的敘事詩，不該僅是從詩經中某些作品或漢末五言詩論起，而應將戰國兩漢的楚辭與漢賦皆視作中國早期敘事詩看待。

## 二、賦本為詩歌體制

　　《史記》及《漢書》中，並不稱呼屈、宋等人作品為"楚辭"，而都以"賦"稱之，例如漢代司馬遷《史記》云：「屈原者，名平，楚之同姓也，……寧赴常流而葬身乎江魚腹中耳，又安能以皓皓之白，而蒙世俗之溫蠖乎？乃作《懷沙》之賦……。」司馬遷在此直接稱呼屈原所作〈懷沙〉為"賦"。又，同篇中史遷又說：「屈原既死之後，楚有宋玉、唐勒、景差之徒者，皆好辭而以"賦"見稱。」從此以後，屈原的作品甚至全部楚辭作品都被稱之為"賦"。此外，班固《漢書・地理志》亦云：「始楚賢臣屈原，被讒流放，作離騷諸賦，以自傷悼。」所以，在漢代人看來，屈原所作詩歌，乃是與漢代發展起來的"賦"一樣，都是"不歌而誦"的一種詩，故皆統稱為"賦"。《漢書・詩賦略》後面有一段話，便說道：

> 傳曰：不歌而誦謂之賦，登高能賦，可以為大夫。言感物造耑，材知深美，可與圖事，故可以為列大夫也。古者諸侯卿大夫交接鄰國，以微言相感，當揖讓之時，必稱詩以諭其志，蓋以別賢不肖而觀盛衰焉。故孔子曰「不學詩，無以言」也。春秋之後，周道寖壞，聘問詠歌，不行於列國，學詩之士，逸在布衣，而賢人失志之賦作矣。大儒孫卿及楚臣屈原，離讒憂國，皆作賦以風，咸有惻隱古詩之義，其後宋玉、唐勒。漢興，枚乘、司馬相如，下及揚子雲，競為侈麗閎衍之詞，沒其風諭之義。是以揚子雲悔云：「詩人之賦麗以則，辭人之賦麗以淫，如孔氏之門用賦也，則賈誼登堂，相如入室矣，如其不用何！」

　　"不歌而誦謂之賦"，直接翻譯可以看出省略了主語，試問：不歌而誦的"什麼"叫做賦？審視上述引文，全在談作詩之精神，則可以知

道所謂“賦”即指“不歌而誦的詩歌”而言。「學詩之士，逸在布衣，而賢人失志之賦作矣」，可以說明司馬遷、班固稱呼屈、宋等之作品為“賦”，主要是為了區分這種有別於詩經詩體的“新詩體”；但進一步而言，表示這種新詩體，並未脫離古人作詩的精神，仍是在詩歌之流上發展，而非脫離詩歌體裁，所以才說「咸有惻隱古詩之義」，其〈兩都賦序〉中即說：「賦者，古詩之流也」、「或以抒下情而通諷諭，或以宣上德而盡忠孝，雍容揄揚，著於後嗣。」所以賦在漢人心中，儼然是源於古詩，銜接詩歌系統而來的新詩體。再者，若以屈、宋諸賦與春秋時期的《詩經》相較，可發現在詩歌篇幅上，有明顯的加長，或許是因為長篇不易歌唱之故，故演變而為“不歌而誦”的新詩體。

對於“賦”與詩之關係，齊梁劉勰也認為“賦自詩出”，他在《文心雕龍‧詮賦》便說：「詩有六義，其二曰賦。」，又於〈詮賦〉篇的“贊”說：「賦自詩出，分歧異派。」綜上，不論是在漢人或六朝人的心中，“賦”作為一個文體而言，它始終是與“詩”緊密相依的，二者關係之深，主要在於賦原本即是詩歌之體製。所以，劉熙載於《藝概‧賦概》中，即提出「詩為賦心，賦為詩體」之主張，且認為賦之產生，主要是因為“情”、“事”紛雜奔至，詩歌的一般體製無法表現得淋漓盡致時，便由“詩”轉而為“賦”以鋪陳之。所以，詩賦本為一家，「賦無非詩」，後因其表現方式或涉及主題、內容等等因素之關係，方造成「西漢以來，詩賦始各有專家」之局面。但正本清源來說，賦實應歸屬於詩歌的系統，是由詩之主幹所旁生出的別枝，所以前人才會總說它是「古詩之流」。再者，詩集及賦集的編定者，在分別詩、賦作品時，也常無法截然劃分，同一作品有時既被詩集編入、又被賦集搜羅，這無非都昭示著詩賦本是一家的現象。例如梁鴻的〈適吳詩〉，被《古詩紀》、《先秦漢魏晉南北朝詩》認為是詩而收入，但陳元龍的《歷代賦彙》卻也將此作品收入，並名之為〈適吳賦〉。沈約的〈愍衰草詩〉，被《古詩紀》、《玉臺新詠》、《先秦漢魏晉南北朝

詩》認為是詩而收入，但陳元龍的《歷代賦彙》同樣也收了此作品，並名之為〈憫衰草賦〉。再如劉希夷的〈死馬賦〉，被王重民所編的《全唐詩補》所收錄，顯然認為它是一首詩。所以，詩和賦的難以劃分，無非顯示它們本就是屬於同一文體。

綜上所述，我們認為賦本就是詩歌之體製，且由於賦在句式上變換自由如同散文一般，故可說它是詩歌向散文化發展的一種呈現。再者，由於賦的文體性質利於敘事描寫、鋪張揚厲，故就此角度而言，賦實應歸屬於敘事文學的範疇，且是敘事詩之範疇。所以，日本漢學家吉川幸次郎先生在《中國詩史》一書中，便曾說「賦」與「史書」是中國兩大敘述文學，即已揭示出「賦」本身所具有的濃厚敘事性。

## 三、屈賦實為中國浪漫主義敘事詩之源頭

屈賦向來被視為是抒情詩，但我們透過本文所歸納而出的中國敘事詩特徵及西方敘事學中較具普遍意義之敘事理論來檢視它，認為屈賦所展現的敘事性極強，可說是中國浪漫主義敘事詩之源頭。茲概述大要於下：

（一）由內容、題材及創作手法來看，〈離騷〉、〈遠遊〉等是以第一人稱敘事法表現的自傳體敘事詩，其具體敘事特質表現在以下三點：①以自傳筆法雜糅奇幻情節。②運用「賦」的手法鋪陳角色對話、人物描述、時空變化等敘事元素。③"內心獨白"的創作手法，如同西方的"意識流"敘事法。

一般而言，學者們在論及中國敘事詩時，往往認為像〈孔雀東南飛〉、〈木蘭詩〉、〈長恨歌〉或〈圓圓曲〉那類型的詩歌才算是敘事詩，因為詩歌內容包含了一則完整的故事，且是以第三人稱敘事手法或全知視角呈現的，符合人們對敘事作品的一般印象；所以，像〈離騷〉以自敘角度來書寫作者內心的情感、思想與願望、遭遇，大部分的人總認為它是抒情作品，而不視其為敘事作品。但就敘事學而言，敘事者以誰的立場來看待世界，就構成所謂的「敘事視角」。敘事文學中

的「視角」，大體可概分爲「全知視角」或「限知視角」（或稱有限視角），這區分主要是根據敘事文學中的文句來加以區別。其中，"第一人稱敘事法"可說是「限知視角」最廣泛運用的手法，亦即敘事作品中有一個明顯的「我」出現，作爲主人公的「我」也是該故事中的人物，他可以講自己的故事或別人的故事，故事是由這個「我」來交代，透過這個「我」來發聲。再者，以敘事文學的角度來看，小說、寓言、神話、史傳、自傳體等，無不是敘事文學的體現，只要是以記敘人物、事件爲主要表現手法的作品就是敘事文學，至於敘事角度究竟是否爲第三人稱、全知視角或客不客觀化，根本都非必要條件。以此之故，從「敘事視角」觀點來分析〈離騷〉，我們可發現詩中是以"第一人稱敘事法"或"限知視角"出發，運用浪漫主義手法，騁馳豐富的想像，糅合神話傳說、歷史人物與自然現象的敘述，上天下地，千變萬化，敘寫勾勒出一幅幅的動態畫面，引領讀者進入奇幻的故事情節中，進而瞭解詩人內心世界，猶如一篇瑰麗奇詭的自傳小說般，這般的詩歌，實應作爲敘事詩看待。此外，〈九章〉中許多詩篇，亦具有敘事特質，諸如人物、情節、對話、時間流動、空間變化等一一具齊，作者以第一人稱敘事手法敘述事件發展與人物心境轉折，與〈離騷〉同樣表現爲自傳式的敘事詩風格。〈遠遊〉的敘事風格也與〈離騷〉相像，作者以一貫的浪漫敘事筆法創造出一幕幕迷離奇麗的故事情節，詩中神遊一段仍然表現出現實與虛幻交織、人神共遊的奇幻世界。這些詩作雖然意在抒情，但皆是以"賦"的鋪陳敘事爲主要寫作手法，通過一定的場景、人物、跳躍式的凝煉情節等，構築成故事情節來騁情展義，並著意地表現出時間的流動與空間的變化性，使敘事呈現動態感，自應視爲敘事詩。

再者，若以敘事文學中的小說來說，"意識流"小說與傳統小說最大的不同，在於它將傳統對外在事物的敘述，轉化而爲對人們內在心靈的探索。故我們若以西方敘事學中"意識流"觀念來觀察屈原的〈離騷〉、〈九章〉、〈遠遊〉等作品，可以發現這些詩篇都體現爲一種

以第一人稱敘事手法出發，以"內心獨白"的方式，將作者的意識流動透過上天入地、穿越人神界線、連接現實與虛幻，在時間及空間的隧道裡自由穿梭無阻的意識流展現，這樣的作品如果是小說，自然為意識流小說，若為詩歌，自然是以意識流手法展現的敘事詩。

（二）由內容、題材及創作手法來看，《九歌》是人神雜糅的宗教敘事詩，而非歌舞劇或歌劇；且其神靈人物人格化的展現，顯示了"人的主體覺醒"之意涵：

綜觀《九歌》內容，可以發現詩中有各色各樣的神話人物登場，或為充滿浪漫氣息的湘君、湘夫人、河伯、山鬼，或為洋溢莊嚴情調的東皇太一、雲中君、大司命、少司命及國殤等，詩人無不以敘事筆法敘述對神的禮讚，以及神、人之間往來的心理與動作、對話等，充滿豐富的敘事色彩。

聞一多先生認為《九歌》不但是楚郊祀歌，且是在祭壇前表演的一種雛形歌舞劇。劉大杰先生於《中國文學發展史》中亦說：「九歌是一套祭祀神鬼的舞曲，是歌辭、音樂、舞蹈混合而成，可以看作是中國古代歌劇的雛形。」他們的說法已清楚地界定了《九歌》的敘事特質，因為歌舞劇之"劇"，即已說明了含有"敘事性"。不過，二位學者對九歌文體定位之看法，有其需修正之處：一般而言，歌舞劇的基本要素應是「歌」、「舞」、「劇」，換句話說即是歌唱（通常含音樂）、舞蹈、戲劇，故歌舞劇的定義應是指將故事透過人物角色扮演，並配合音樂、歌唱、對話、舞蹈動作等在舞台實際演出的戲劇。故是否為"實際演出"，或是否為"代言體"而非"敘事體"，也是判斷歌舞劇的一大特質。然細觀九歌內容而言，若九歌乃是一齣歌舞劇劇本，則其語言中應會有些文字說明，例如"舞台指示"（即劇本中的文字說明，包括對特定表情或動作的提示及對景物、氣氛的簡單描繪等）等，但九歌中並無此些戲劇腳本特質。再者，九歌語言的文學象徵性極強，亦即詩中運用的"意象"極多，這也是詩歌的特質。一般而言，劇本體現的語言應是盡量具體化、直觀化，而非意象化或象徵

化，否則登台演出時，其意象化的語言只會造成演出者面臨詮釋角色上的困擾。但若是劇詩或敘事詩，則語言的意象化，只是遵循詩歌本質的實踐，並無妨礙其敘事的構成。因爲象徵化或意象化的人物形象或場景描繪，只是更體現詩化語言的特質，其藝術概括性更強，更能成就文學上的感染力。綜觀九歌全文，可發現其詩化的語言所勾勒出的故事，敘事性確實極強，但與其說是在演出故事，不如說是藉由詠唱將故事敘事出來。以是之故，我們認爲《九歌》就其整體來看，詩中雖有呈現人物、對話、描述、基本情節故事等敘事特質，但並未有哪句話誰說、哪個動作誰做等指示，且持歌舞劇一說的學者們，亦無法明確證明出《九歌》確實是爲了實際演出所寫的歌舞劇劇本，而只是說因爲詩歌內容體現出詩、樂、舞三位一體而據以認之。故若僅就文字內容去分析，我們認爲《九歌》應是“詩”，且是“敘事詩”而非“戲劇”，例如詩中以敘事手法爲主要表現，雜糅抒情筆調，勾勒出人物形象、角色對話、動作描摹等，且有基本的故事情節，這些都顯現出敘事詩的特質。再者，因其並非僅由敘事者敘事的詩，詩中主要是透過人物的獨白、對話或行爲描述等將情節、故事呈顯出來，十一篇詩串連起來，彷彿是在敘述一齣由宗教祭祀的場面揭場，而後各類神話人物陸續登場的故事，故就狹義的角度來看，我們認爲其應爲“劇詩”，而廣義上來說，九歌不啻是首敘事性濃烈的“敘事詩”。

此外，屈原運用豐富的想像力，把九歌中的神話人物一一賦予人格化的性格，讀其詩，我們感覺這些諸神如同人類一般具有喜怒哀樂、愛怨傷離的感情，而不再只是距人遙遠，供人膜拜的超然存在者。中國詩歌中將神話人物大量引進，塑造其人性化形象者，屈原當爲最早的文人詩人，他所敘事的神話人物雖然與古希臘史詩中的諸神性格有所差距，但二者在體現“人的主體覺醒”一意涵上，其實是有其相通之處的。楚國的多神信仰，與古希臘的多神信仰環境相似，九歌中所展現的諸神形象是被人格化的，而非周朝人文思想中那種超然存在、只有展現“德性”而較無人格化情慾表現、且形象並不具象化的

"皇天"或"上帝"形象。九歌中諸神人格化地摹寫，即已說明了人的主體性已覺醒：當神話人物以"人形"之姿被敘事，且與人類一般有著喜怒哀樂的情感，充分展現其人格化、自主化、世俗化的形象，即象徵著將"人"的內在價值、尊嚴和神聖地位內化入神靈人物。故《九歌》諸神的人格化形象，乃是屈原或楚國在宗教心靈上的自主性與主體性之覺醒。

　　（三）〈卜居〉、〈漁父〉是以第三人稱全知視角呈現對話情節的敘事詩：

　　　　屈賦作品中，〈卜居〉、〈漁父〉在敘事結構上來說，可說是獨樹一幟的。因為兩首詩歌皆是以第三人稱的角度來敘事，亦即運用敘事學中的全知視角來敘事。且二篇在敘事特質上，著重表現於人物「對話」上，可說是藉由「對話」來完成基本故事情節的。〈卜居〉與〈漁父〉在敘事結構上的安排，幾乎一致，詩歌的第一個情節，都先作背景介紹，而後再引進第二個人物登場，展開他與主角屈原的對話，以作為詩中主要敘事主題。此詩在結構設計上，並不像屈賦其他作品大都以第一人稱的限知視角來敘事，而是將敘事者作為第三人稱的方式來述說一段故事，將事件的前因後果敘述出來，如同他在場看見所有人事物的發生過程一般，這類的敘事角度，西方敘事學一般稱作"全知視角"。而其實全知視角的使用，在中國敘事文學中，是最常被使用的。屈賦之前的《詩經》已多有使用，例如《詩經》中的《大雅·生民》、《大雅·公劉》、《大雅·綿》、《大雅·皇矣》、《大雅·大明》、《周南·野有死麕》、《鄭風·女曰雞鳴》、《鄭風·溱洧》、《齊風·雞鳴》等。只不過《詩經》在敘事上，結構較為簡單，而不若〈卜居〉、〈漁父〉兩篇詩歌已像是微型小說一般，敘事性更為明顯。此外，除了將故事情節濃縮在"對話"中表現出來之外，〈卜居〉、〈漁父〉二詩在對話中亦展現"賦"的鋪陳技巧。此種以對話鋪陳情節的敘事結構，也影響了若干漢代民間敘事詩在敘事結構上的安排，例如「東門行」、「病婦行」、「陌上桑」、「羽林郎」、「上山採蘼蕪」等。作為早期

敘事詩而言，〈卜居〉、〈漁父〉在敘事結構上，深具開創意義，我們認為此二詩是運用全知視角，並透過人物對話呈現精鍊情節的敘事詩源頭。

## 四、漢賦的興盛標誌著中國敘事詩的黃金時期

　　漢賦在敘事特質上較屈賦之表現更為多元，諸如敘事情節結構、人物塑造、視角運用等，皆更具規模，不論是為人所熟知的文士賦，或晚近發現的俗賦，都有著鮮明的敘事性色彩，茲將漢賦的敘事性展現，概述大要於下：

### （一）以長篇對話呈現故事發展的敘事結構

　　漢大賦幾乎通篇都是由敘事描寫和議論所構成，且其結構特色在於透過人物論辯的對話，將敘事情節展開。此類型之賦作之著名代表如司馬相如的〈子虛賦〉、〈上林賦〉、班固〈兩都賦〉（〈西都賦〉、〈東都賦〉）、張衡的〈兩京賦〉（〈西京賦〉、〈東京賦〉）及揚雄的〈長楊賦〉等，便皆是以長篇的對話，鋪陳敘述天子打獵之「事」及其都城境域繁盛之況。雖然敘事中是帶有說理成分的，但因為是將議論說理包涵於故事形式中，使整體敘事不致流於純說理，而有故事性色彩的注入，故敘事藝術的感染力自是增加不少。

### （二）浸染莊列寓言之風

　　章學誠《校讎通義》中曾說：「古者賦家者流，……莊列寓言之遺也。」可見漢賦作品中，其敘事風格往往沿襲莊列寓言之風。例如揚雄的〈逐貧賦〉與張衡的〈骷髏賦〉，皆是作者以第一人稱的方式現身於作品中，並與一虛擬人物展開對話，藉由對話內容使人瞭解整個事件的過程與發展，故其敘事情節與結構性皆頗為完整。〈逐貧賦〉可說是作者將內心獨白化為“主客對答”的形式以呈現之，作者先將自身放入敘事中，成為第一人稱之姿，而後再與創作出的虛擬人物（貧）共同完成“事件”的敘述，並達成“以事抒情”的著作宗旨。

雖然敘事簡短，但結構性頗為完整，有人物、有對話、有事件發展起迄，故深具敘事性特質。此外，張衡的〈骷髏賦〉則更具戲劇性效果，主要是化用《莊子》〈至樂篇〉的情節，並再加以改編，使人物、情節更有變化性。

此類型的賦作的敘事手法，類於莊列寓言，由鮮明的故事性色彩中呈顯出各自的象徵意義，故其敘事性亦是不證自明。

## （三）筆記小說式的敘事手法

杜篤的〈首陽山賦〉和王延壽的〈夢賦〉等一類作品，雖然篇幅相較漢大賦而言，顯得較為短小，但其敘事結構儼然如同筆記小說之形式，敘事性相當濃厚。

〈首陽山賦〉的結構佈局，一開始先描述首陽山的地形概況，而後以「忽吾睹兮二老」一句，同時帶出敘事中的三位人物登場："吾"（以第一人稱現身文本的作者）、二老（伯夷、叔齊）。有關伯夷、叔齊二人的記載，於《莊子·讓王》、《呂氏春秋·季冬紀·誠廉》及《史記·伯夷列傳》中皆有所記載，但都是僅止於二人"求仁得仁"的德行事蹟之敘述。但杜篤〈首陽山賦〉則出之以小說式的寫法，將二老設定為以死之魂再現首陽山，從容行事地與杜篤交談。此般的敘事設計，給予人情節離奇，引人遐思之感，小說意味更為濃厚。此外，王延壽的〈夢賦〉，亦是以短小篇幅進行敘事之作，雖無長篇鋪敘，但其描述夢中鬼怪出現並與之打鬥的情形，甚為逼真，體現出故事性效果。

此類型賦作，運用小說式的敘事手法來創作，雖然不若漢大賦的大肆鋪陳，但其微型小說之結構已然體現。

## （四）情節井然，結構完整的擬人化敘事

此部分以〈神烏賦〉擬人化的敘事為例，其故事主要是敘述神烏的鶼鰈情深及透過神烏的建材被盜、雌烏與盜烏兩造爭鬥、雌烏負傷被捕、盜烏反而逍遙法外等故事情節以反映社會公平正義的失衡與抨

擊執法者的懦弱。全篇是以第三人稱的全知視角來敘事，敘事者以擬人化的敘事筆調，將雌鳥與盜鳥之間的爭執以代言體的方式呈現，透過鮮明的對話展示，及細膩的肢體動作的描寫（如沸然大怒、張目揚眉、撟翼申頸等），使人物的塑造更為生動具體化。且透過兩造之間的對話，亦將情節的衝突與緊張性節節升高，使此賦洋溢的故事性更為濃厚。通篇情節分明，環環相扣，舉凡敘事性特質如人物、事件、情節、對話、時間流、空間變化等皆一應具足，且敘事技巧頗為成熟，充分製造出緊張、衝突與高潮等情節設計，故其藝術價值實值重視。且其撰作時代為西漢時期，可見西漢賦的敘事性早已具備一定的水平。

　　綜上，可以發現漢賦之敘事詩色彩之所以甚為濃烈，除了因為它自身屬性符合“詩體”之基本要求之外，且其“鋪采摛文”的特色，也適合在詩歌篇幅上發展出一定之長度，以將所欲概述之事，適切地鋪陳出來，而這都是有利於敘事詩存在條件的。賦家作賦時，雖其用意皆在於諷諭之旨，但單純說理只會使文學性降低，顯得枯燥乏味。漢賦本身所特有的敘事性，強化了詩歌的故事性色彩，使閱聽者在當時小說不發達的情況下，亦能藉由賦所夾帶的敘事得以滿足愛聽故事的人類本性，故透過敘事以傳達所欲訴之情或所欲諷之旨，乃是漢賦的基本模式。漢代文學的代表即是漢賦，故我們認為，漢賦的興盛不啻象徵著中國早期敘事詩的黃金時期。

## 五、重新詮釋敘事詩在中國詩歌史的發展歷程

　　透過前述各章的爬梳資料，論證出賦為中國敘事詩之後，我們認為敘事詩在中國詩歌史之發展歷程，實有必要重新詮釋。茲概述中國敘事詩之發展於下：

### （一）戰國以前源起於敘事而後以抒情為主的詩歌歷程

　　通觀《國風》所收之詩，可發現若以本文所述明之敘事詩特徵來檢視敘事詩之有無，則為數並不多，大多詩篇仍是以抒情謳歌的直抒

胸臆方式來表述，而非透過事件的陳述來抒情。而創作時間較早的《大雅》則以敘事表述爲主，但這些敘事性較明顯的詩，在敘事結構的設計上，常遷就於反覆唱誦、回環往復的某些特定語句，此雖有利於詩歌的傳唱，但相對地亦影響了敘事的開展及打斷整體故事情節連貫相續的效果，顯然當時作詩時，是將音樂性考量凌駕於敘事性之上，故與屈賦或漢賦等敘事詩比較，即顯得敘事較不詳細，故在中國敘事詩史的歷程中，仍屬於敘事詩發展的雛形階段。

　　此外，由詩經作品的產生先後來看，一般是認爲《周頌》全部和《大雅》的大部分都是西周初年的作品，而《大雅》的小部分與《小雅》的大部分是西周末年的作品；《國風》的大部分與《魯頌》、《商頌》的全部則是東遷後至春秋中葉的作品；故基本上《雅》詩大多較《國風》爲早。以此角度來看，則《詩經》中抒情詩較敘事詩更爲晚出乃是事實，此可說是符合一般世界文學史的發展現象。以往中國文學史對於詩歌史之看法，論及《詩經》時，大都只注意以"抒情"表述爲主的《國風》，而忽略《雅》、《頌》，即便有論及《雅》詩者，也大都只注意被號稱爲周族史詩的〈生民〉、〈公劉〉等那幾首詩，而忽略了《詩經》中所顯現的"詩歌發展歷程"。我們認爲由《詩經》中詩篇之時代先後來看，時代較早的《周頌》與《大雅》，自是呈現出以敘事爲主的局面；晚一點時代的《小雅》，其詩篇雖有敘事，但比例上而言已減少許多；可見西周早期的詩，統治階級的敘事詩佔了主要地位。之後，時代較最晚的《國風》，就詩歌內容表現而言，已是抒情取得主流地位。故就《詩經》整體篇章觀之，實可勾稽出戰國以前源起於敘事而後以抒情爲主的詩歌歷程。

## （二）浪漫主義敘事詩在戰國兩漢的蓬勃發展及其文學主流地位

　　就詩歌史之發展而言，戰國時期，以屈賦爲代表的敘事詩，開創了浪漫主義式的敘事逞情風格；進入漢代後，漢賦沿襲屈賦作風，更

為鋪張揚厲，堆砌詞藻，仍是延續浪漫主義敘事詩的創作道路，且與民間的敘事樂府相互輝映，各自呈現敘事詩的不同風采──一為鋪張揚厲、宏大敘事的作風；一為質樸清新，流露民歌風采的敘事作風。故整個漢代，無論是廟堂或民間，皆可說在敘事詩之表現上，呈現欣欣向榮的氣象。綜合言之，整個戰國至兩漢之詩歌發展史，可說是以敘事詩為此時代之主流文學。

## （三）六朝以後抒情敘事雙向並行的詩歌發展軌跡

　　戰國兩漢所形成的以敘事詩為主的發展路向，到了六朝之後，逐漸有所變化，此後詩歌走勢不再是以敘事為主流，抒情詩在此得到時代因素所給予的養分，而茁壯成長，逐漸蔚為詩歌主流（指狹義性詩歌中的主流），扭轉了六朝以前以敘事詩為主的情勢。但若不僅止於從狹義詩歌的範疇來看詩歌的發展軌跡，而由廣義詩歌（包含賦）的範疇來審視詩歌發展情形，則我們認為：自六朝起至其後各朝代之詩歌局面，並非是抒情詩為主流的局面，而應是抒情與敘事雙向並行的發展情勢。

　　歷來論及六朝辭賦之文學史或辭賦史論著，總認為此時期之賦出現大量抒情篇章，「或壓抑苦悶，或傷逝悼亡，或懷古傷今，或追求享受，或寫遁世之情，或寫羈臣之恨」，可以說「封建時代，各種遭遇的文士的典型感情，全都凝聚在這一時期的辭賦作品之中」，故總結地認為「魏晉以來，賦已由以狀物為主，轉而為以抒情為主。」誠然，六朝時期之辭賦，其抒情色彩的呈現確實較之漢賦為濃為烈，但綜觀此時期賦作內容，即便意在抒情言志，也都是先透過"敘事"再將所寓之情躍然而出，故在創作手法，仍是以"賦"之鋪陳敘述為主。六朝以後，詩賦並行一直是歷史上已然之事實，那麼對於詩歌史以往之認識實有必要重新斟酌：因為詩賦並行既然是六朝以來的趨勢，則主於抒情的狹義詩歌，與主於敘事的賦，便象徵著中國詩歌自六朝以來，抒情與敘事雙向並行的發展軌跡。

　　綜上所論，我們認爲辭賦的基本性質便是以鋪陳敘事來抒情、議論、說理或勸誡，它的存在基本上就是以"敘事詩"之姿存在的，故賦的存在實即象徵敘事詩的存在。

# 附錄一　《伊利亞特》第一卷內容

歌唱吧，女神！歌唱裴琉斯之子阿基琉斯的憤怒

他的暴怒招致了這場凶險的災禍，給阿開亞人帶來了

受之不盡的苦難，將許多豪傑強健的魂魄打入了哀地斯，

而把他們的軀體，作爲美食，

扔給了狗和兀鳥，從而實踐了宙斯的意志，

從初時的一場爭執開始，

當事的雙方是阿特柔斯之子、

民眾的王者阿伽門農和卓越的阿基琉斯。

是哪位神祇挑起了二者間的這場爭鬥？

是宙斯和萊托之子阿波羅，後者因阿特桑斯之子

侮辱了克魯塞斯，他的祭司，而對這位王者大發其火。

他在兵群中降下可怕的瘟疫，吞噬眾人的生命。

爲了贖回女兒，克魯塞斯曾身臨阿開亞人的快船，

帶著難以數計的財禮，

手握黃金節杖，杖上繫著遠射手阿波羅的條帶，

懇求所有的阿開亞人，

首先是阿特柔斯的兩個兒子，軍隊的統帥：

"阿特柔斯之子，其他脛甲堅固的阿開亞人！

但願家住俄林波斯的眾神答應讓你們洗劫

普里阿摩斯的城堡，然後平安地回返家園。

請你們接受贖禮，交還我的女兒，我的寶貝，

以示對宙斯之子、遠射手阿波羅的崇愛。”

其他阿開亞人全都發出贊同的呼聲，

表示應該尊重祭司，收下這份光燦燦的贖禮；

然而，此事卻沒有給阿特柔斯之子阿伽門農帶來愉悅，

他用嚴厲的命令粗暴地趕走了老人：

“老家夥，不要再讓我見到你的出現，在這深曠的海船邊！

現在不許逗留，以後也不要再來

否則，你的節杖和神的條帶將不再爲你保平安！

我不會交還這位姑娘；在此之前，歲月會把她折磨得人老珠黃，

在遠離故鄉的阿耳戈斯，我的房居，

她將往返穿梭，和布機作伴，隨我同床！

走吧，不要惹我生氣，也好保住你的性命！”

他如此一頓咒罵，老人心裡害怕，不敢違抗。

他默默地行進在濤聲震響的灘沿，

走出一段路後，開始一次又一次地向王者

阿波羅、美髮萊托的兒子祈願：

“聽我説，衛護克魯塞和神聖的基拉的銀弓之神，

強有力地統領著忒奈多斯的王者，史鳴修斯，

如果，爲了歡悅你的心胸，我曾立過你的廟宇，

燒過裹著油脂的腿肉，公牛和山羊的

腿骨，那就請你兌現我的禱告，我的心願：

讓達奈人賠償我的眼淚，用你的神箭！”

他如此一番祈禱，福伊波斯·阿波羅聽到了他的聲音。

身背彎弓和帶蓋的箭壺，他從俄林波斯山巔

直奔而下，怒滿胸膛，氣沖沖地

一路疾行，箭枝在背上鏗鏘作響

他來了，像黑夜降臨一般，

遙對著戰船蹲下，放出一枝飛箭，

銀弓發出的聲響使人心驚膽戰。

他先射騾子和迅跑的狗，然後，

放出一枝撕心裂肺的利箭，對著人群，射倒了他們；

焚屍的烈火熊熊燃燒，經久不滅。

一連九天，神的箭雨橫掃著聯軍。

及至第十天，阿基琉斯出面召聚集會

白臂女神赫拉眼見著達奈人成片地倒下，

生發了憐憫之情，把集會的念頭送進了他的心坎。

當眾人走向會場，聚合完畢後，

捷足的阿基琉斯站立起來，在人群中放聲說道：

"阿特柔斯之子，由於戰事不順，我以為，

倘若尚能倖免一死，倘若戰爭和瘟疫

正聯手毀滅阿開亞人，我們必須撤兵回返。

不過，先不必著忙，讓我們就此問問某位通神的人，某位先知，

哪怕是一位釋夢者因為夢也來自宙斯的神力

讓他告訴我們福伊波斯·阿波羅為何盛怒至此，

是因為我們忽略了某次還願，還是某次豐盛的祀祭；如果

真是這樣，那麼，倘若讓他聞到烤羊羔和肥美的山羊的燻煙，

他就或許會在某種程度上中止瘟疫帶給我們的磨難。"

阿基琉斯言畢下座，人群中站起了塞斯托耳之子

卡爾卡斯，釋辨鳥蹤的裡手，最好的行家。

他博古通今，明曉未來，憑藉

福伊波斯·阿波羅給他的卜占之術，

把阿開亞人的海船帶到了伊利昂。

懷著對眾人的善意，卡爾卡斯起身說道：

"阿基琉斯，宙斯鍾愛的壯勇，你讓我卜釋，

遠射手、王者阿波羅的憤怒，我將

謹遵不違。但是，你得答應並在我面前起誓，

你將真心實意地保護我，用你的話語，你的雙手。

我知道，我的釋言會激怒一位強者，他統治著

阿耳吉維人，而所有的阿開亞兵勇全都歸他指揮。

對一個較為低劣的下人，王者的暴怒絕非兒戲。

即使當時可以咽下怒氣，他仍會把

怨恨埋在心底，直至如願以償的時候。

認真想想吧，你是否打算保護我。"

聽罷這番話，捷足的阿基琉斯答道：

"勇敢些，把神的意思釋告我們，不管你知道什麼。

我要對宙斯鍾愛的阿波羅起誓，那位你，卡爾卡斯，

在對達奈人卜釋他的意志時對之祈禱的天神

只要我還活著，只要還能見到普照大地的陽光，

深曠的海船旁就沒有人敢對你撒野。

沒有哪個達奈人敢對你動武，哪怕你指的是阿伽門農，

此人現時正自詡為阿開亞人中最好的雄傑！"

聽罷這番話，好心的卜者鼓起勇氣，直言道：

"聽著，神的怪罪，不是因為我們沒有還願，也不是因為沒有舉

行豐盛的祀祭，

而是因為阿伽門農侮辱了他的祭司，

不願交還他的女兒並接受贖禮。

因此，神射手給送來了苦痛，並且還將繼續

折磨我們。他將不會消解使達奈人丟臉的瘟疫，

直到我們把那位眼睛閃亮的姑娘交還她的親爹，

沒有代價，沒有贖禮，還要給克魯塞賠送一份神聖而豐厚的

牲祭。這樣，我們才可能平息他的憤怒，使他回心轉意。"

卡爾卡斯言畢下座，人群中站起了阿特柔斯之子，

統治著遼闊疆域的英雄阿伽門農。

他怒氣咻咻，心裡注滿怨憤，

雙目熠熠生光，宛如燃燒的火球，

兇狠地盯著卡爾卡斯，先拿他開刀下手：

"災難的預卜者！你從未對我說過一件好事，

卻總是樂衷于卜言災難；你從未說過

吉利的話．也不曾卜來一件吉利的事。現在，

你又對達奈人卜釋起神的意志，聲稱

遠射神之所以使他們備受折磨，

是因爲我拒不接受回贖克魯塞伊絲姑娘的

光燦燦的贖禮。是的，我確實想把她

放在家裡；事實上，我喜歡她勝過克魯泰奈斯特拉，

我的妻子，因爲無論是身段或體形，

還是內秀或手工，她都毫不差遜。

儘管如此，我仍願割愛，如果此舉對大家有利。

我祈望軍隊得救，而不是它的毀滅。不過，

你們得給我找一份應該屬於我的戰禮，以免

在所有的阿耳吉維人中，獨我一人缺少戰爭賜給的榮譽

這，何以使得？

你們都已看見，我失去了我的戰禮。"

聽罷這番話，捷足的戰勇、卓越的阿基琉斯答道：

"阿特柔斯之子，最尊貴的王者，世上最貪婪的人，你想過沒有，

眼下，心胸豪壯的阿開亞人如何能支給你另一份戰禮？

據我所知，我們已沒有大量的庫存；

得之於掠劫城堡的戰禮都已散發殆盡，

而要回已經分發出去的東西是一種不光彩的行徑。

不行。現在，你應該把姑娘交還阿波羅；將來，倘若

宙斯允許我們盪劫牆垣精固的特洛伊，

我們阿開亞人將以三倍、四倍的報酬償敬！"

聽罷這番話，強有力的阿伽門農答道：

"不要耍小聰明，神一樣的阿基琉斯，不要試圖胡弄我，

雖然你是個出色的戰勇。你騙不了我，也說服不了我。

你想幹什麼？打算守著你自己的戰禮，而讓我空著雙手，

乾坐此地嗎？你想命令我把姑娘交出去嗎？

不！除非心胸豪壯的阿開亞人給我一份新的戰禮，

按我的心意選來，如我失去的這位一樣楚楚動人。

倘若辦不到，我就將親自下令，反正得弄到一個，

不是你的份兒，便是埃阿斯的，或是俄底修斯的。

我將親往提取，動怒發火去吧，那位接受我造訪的伙計！

夠了，這些事情我們以後再議。現在，

我們必須撥出一條烏黑的海船，拖入閃光的大海，

配備足夠的槳手，搬上豐盛的祀祭

別忘了那位姑娘，美貌的克魯塞伊絲。

須由一位首領負責解送，或是埃阿斯，

或是伊多墨紐斯，或是卓越的俄底修斯

也可以是你自己，裴琉斯之子，天底下暴戾的典型

以主持牲祭，平息遠射手的恨心。"

聽罷這番話，捷足的阿基琉斯惡狠狠地看著他，吼道：

"無恥，徹頭徹尾的無恥！你貪得無厭，你利益燻心！

憑著如此德性，你怎能讓阿開亞戰勇心甘情願地聽從

你的號令，為你出海，或全力以赴地殺敵？

就我而言，把我帶到此地的，不是和特洛伊槍手

打仗的希願。他們沒有做過對不起我的事情，

從未搶過我的牛馬，從未在土地肥沃、

人了強壯的弗西亞糟蹋過我的莊稼。

可能嗎？我們之間隔著廣闊的地域，
有投影森森的山脈，呼嘯奔騰的大海。爲了你的利益
眞是奇恥大辱我們跟你來到這裡，好讓你這狗頭
高興快慰，好幫你們、你和墨奈勞斯，從特洛伊人那裡
爭回臉面！對這一切你都滿不在乎，以爲理所當然。
現在，你倒揚言要親往奪走我的份子，
阿開亞人的兒子們給我的酬謝。爲了她，我曾拼命苦戰。
每當我們攻陷一座特洛伊城堡，一個人財兩旺的去處，
我所得的戰禮從來沒有你的豐厚。
苦戰中，我總是承擔最艱巨的
任務，但在分發戰禮時，
你總是吞走大禮，而我卻只能帶著那一點東西。
那一點受我珍愛的所得，拖著疲軟的雙腿，走回海船。
夠了！我要返回家鄉弗西亞，乘坐彎翹的海船
回家，是一件好得多的美事。我不想忍聲吞氣，
待在這裡，爲你積聚財富，增添庫存！”
聽罷這番話，民眾的王者阿伽門農答道：
“要是存心想走，你就儘管溜之大吉！我不會
求你留在這裡，爲了一己私利。我的身邊還有其他戰士，
他們會給我帶來榮譽。當然，首先是宙斯，他是我最強健的護佑。
宙斯鍾愛的王者中，你是我最痛恨的一個：
爭吵、戰爭和搏殺永遠是你心馳神往的事情。
如果說你非常強健，那也是神賜的厚禮。
帶著你的船隊，和你的夥伴們一起，登程回家吧；
照當你的王者，統治慕耳彌冬人去吧！我不在乎這個人，
也不在乎你的憤怒。不過，你要記住我的警告：
既然福伊波斯·阿波羅要取走我的克魯塞伊絲，
我將命令我的夥伴，用我的船隻，

把她遣送歸還。但是，我要親往你的營棚，帶走美貌的
布里塞伊絲，你的戰禮。這樣，你就會知道，和你相比，
我的權勢該有多麼茶烈！此外，倘若另有犯上之人，畏此先例，
諒他也就不敢和我抗爭，平享我的威嚴。"
如此一番應答，激怒了裴琉斯的兒子。多毛的
胸腔裡，兩個不同的念頭爭扯著他的心魂：
是拔出胯邊鋒快的銅劍，
撩開擋道的人群，殺了阿特柔斯之子，
還是咽下這口怨氣，壓住這股狂烈？
正當他權衡著這兩種意念，在他的心裡和魂裡，
從劍鞘裡抽出那柄碩大的銅劍，雅典娜
從天而降，白臂女神赫拉一視同仁地
鍾愛和關心著他倆，故而遣她下凡
站在裴琉斯之子背後，伸手抓住他的金髮，
只是對他顯形，旁人全都一無所見。
驚異中，阿基琉斯轉過身子，一眼便認出了
帕拉絲·雅典娜，那雙閃著異樣光彩的眼睛。
他開口說話，用長了翅膀的言語：
"帶埃吉斯的宙斯的孩子，爲何現時降臨？想看看
阿特柔斯之子，看看阿伽門農的驕橫跋扈嗎？
告訴你，我以爲，老天保佑，此事終將成爲現實：
此人的驕橫將會送掉他的性命！"
聽罷這番話，灰眼睛女神雅典娜答道：
"我從天上下來，爲的是平息你的憤怒，但願你能聽從
我的勸言。白臂女神赫拉給了我這趟差事，
因她一視同仁地鍾愛和關心著你倆。
算了吧，停止爭鬥，不要手握劍把，
雖然你可出聲辱罵，讓他知道事情的後果。

我有一事相告，記住，此事定將成爲現實：

將來，三倍於此的光燦燦的禮物將會放在你的面前，

以抵銷他對你的暴虐。不要動武，聽從我倆的規勸。"

聽罷這番話，捷足的阿基琉斯答道：

"女神，我完全遵從，只要你們二位有所指令，凡人必須服從，

儘管怒滿胸懷。如此對他有利。

一個人，如果服從神的意志，神也就會聽到他的祈願。"

言罷，他用握著銀質柄把的大手

將碩大的銅劍推回劍鞘，不想違抗

雅典娜的訓言。女神起程返回俄林波斯，

帶埃吉斯的宙斯的宮殿，和眾神聚首相見。

其時，裴琉斯之子再次對阿特桑斯之子亮開嗓門，

夾頭夾腦地給他一頓臭罵，怒氣分毫不減：

"你這嗜酒如命的傢伙，長著惡狗的眼睛，一顆雌鹿的心！

你從來沒有這份勇氣，把自己武裝，和夥伴們一起拼搏，

也從未會同阿開亞人的豪傑，阻殺伏擊。

在你眼裡，此類事情意味著死亡；與之相比，

巡行在寬闊的營區，撞見某個敢於和你頂嘴的壯勇，

下令奪走他的戰禮如此作爲，在你看來，才算安全。

痛飲兵血的昏王！你的部屬都是些無用之輩，

否則，阿特柔斯之子，這將是你最後一次霸道橫行！

這裡，我有一事奉告，並要對它莊嚴起誓，

以這支權杖的名義，木杖再也不會生出枝葉，

因爲它已永離了山上的樹幹；

它也不會再抽發新綠，因爲銅斧已剝去它的皮條，

別去它的青葉。現在，阿開亞人的兒子們

把它傳握在手，按照宙斯的意志，維護

世代相傳的定規。所以，這將是一番鄭重的誓告：

將來的某一天，阿開亞人的兒子們，是的，全軍將士都會
翹首盼望阿基琉斯；而你，眼看著士兵們成堆地倒死在
殺人狂赫克托耳手下，雖然心中焦惱，
卻只能仰天長嘆。那時，你會痛悔沒有尊重阿開亞全軍
最好的戰勇，在暴怒的驅使下撕裂自己的心懷！"
言罷，裴琉斯之子把金釘嵌飾的權杖
扔在地上，彎身下坐：對面，阿特柔斯之子
怒火中燒，惡狠狠地盯著他。其時，口才出眾的
奈斯托耳在二者之間站立，嗓音清亮的
普洛斯辯說家，談吐比蜂蜜還要甘甜。
老人已經歷兩代人的消亡，那些和他同期
出生和長大的人以及他們的後代，
在神聖的普洛斯；現在，他是第三代人的王權。
懷著對二位王者的善意，他開口說道：
"天啊，巨大的悲痛正降臨到阿開亞大地！
要是聽到你倆爭鬥的消息你們，
達奈人中最善謀略和最能搏戰的精英，
普里阿摩斯和他的兒子們將會何等的高興；
特洛伊人會放聲歡笑，手舞足蹈！
聽從我的勸導吧，你倆都比我年輕。
過去，我曾同比你們更好的人
交往，他們從來不曾把我小看。
其後，我再也沒有，將來也不會再見到那樣的人傑，
有裴里蘇斯、兵士的牧者德魯阿斯。
開紐斯和厄克薩底俄斯，還有神一樣的波魯菲摩斯
以及埃勾斯之子、貌似天神的塞修斯
大地哺育的最強健的一代。
這些最強者曾和棲居山野的另一些

最強健的粗野的生靈鏖戰，把後者殺得屍首堆連。

我曾和他們爲伍，應他們的徵召，

從遙遠的故鄉普洛斯出發，會聚群英。

我活躍在戰場上，獨擋一面。生活在今天的

凡人全都不是他們的對手。然而，他們

傾聽我的意見，尊重我的言談。所以，

你們亦應聽從我的勸解，明智者應該從善如流。

你，阿伽門農，儘管了不起，也不應試圖帶走那位姑娘，

而應讓她待在那裡：阿開亞人的兒子們早已把她分給他人，

作爲戰禮。至於你，裴琉斯之子，也不應企望和一位國王

分庭抗禮：在榮譽的佔有上，別人得不到他的份子，

一位手握權杖的王者，宙斯使他獲得尊榮。

儘管你比他強健，而生你的母親又是一位女神，

但你的對手統治著更多的民眾，權勢更猛。

阿特柔斯之子，平息你的憤怒；瞧，連我都在求你

罷息對阿基琉斯的暴怒在可怕的戰爭中，

此人是一座堡壘，擋護著阿開亞全軍。"

聽罷這番話，強有力的阿伽門農答道：

"我承認，老人家，你的話條理分明，說得一點不錯。

但是，此人想要凌駕於眾人之上，

試圖統治一切，王霸全軍，對所有的人

發號施令。然而，就有這麼一位，我知道，咽不下這口氣！

雖然不死的神祇使他成爲槍手，

但卻不曾給他肆意謾罵的權利！"

聽罷這番話，卓越的阿基琉斯惡狠狠地盯著他，答道：

"好傢伙！倘若我對你惟命是從，而不管你是否在

信口開河，那麼，人們就會罵我，罵我是膽小鬼和窩囊廢。

告訴別人去做這做那吧，不要再對我

發號施令！阿基琉斯再也不想聽從你的指揮。

此外，我還有一事相告，並要你牢記在心：

我的雙手將不會為那位姑娘而戰，既不和你，

也不和其他任何人打鬥。你們把她給了我，你們又從我這邊

帶走了她。

但是，對我的其他財物，堆放在飛快的黑船邊，

不經我的許可，你連一個指兒都不許動。

不信的話，你可以放手一試，也好讓旁人看看，

頃刻之間，你的黑血便會噴洗我的槍頭！"

就這樣，倆人出言凶暴，舌戰了一場後，

站起身子，解散了這次阿開亞人的集會，在雲聚的海船旁。

裴琉斯之子返回營棚和線條勻稱的海船，

同行的還有墨諾伊提俄斯之子和他們的夥伴。

與此同時，阿特柔斯之子傳令拖船，把一條快船拖下大海，

配撥了二十名槳手，讓人抬著祭神的奠物，

豐足的牲品，手牽著美貌的克魯塞伊絲，

登上木船；精明能幹的俄底修斯同行前往，作為督辦。

一切收拾停當，海船朝著洋面駛去。

灘沿上，阿特柔斯之子傳令全軍潔身祭神。

他們洗去身上的污濁，把臟物扔下大海，

供上豐盛的祭品，在荒漠大洋的邊岸，

用肥壯的公牛和山羊，祝祭神明阿波羅；

燻煙挾著陣陣的香氣，裊繞著升上青天。

就這樣，他們在軍營裡奔走忙碌。但是，阿伽門農

卻無意停止爭鬥，也不曾忘記先時對阿基琉斯發出的威脅，

命令塔耳蘇比俄斯和歐魯巴忒斯，

他的兩位使者和勤勉的助手：

"去吧，速往裴琉斯之子阿基琉斯的營棚，

牽回美貌的布里塞伊絲。倘若
他不讓你們執令，我將親往帶走那位姑娘，
引著大隊的兵勇，從而大大加重他的悲難。"
言罷，他遣走使者，嚴酷的命令震響在二位的耳畔。
他們行進在擁抱荒漠大海的灘沿，
違心背意，來到慕耳彌冬人的營區和海船邊，
發現阿基琉斯正坐在他的營棚和烏黑的海船旁，
板著臉，使者的到來沒有使他產生絲毫的悅念。
懷著恐懼和敬畏之情，二位靜立
一邊，既不說話，也沒有發問。
然而，阿基琉斯心裡明白，開口說道：
"歡迎你們，信使，宙斯和凡人的使者。來吧，走近些。
在我眼裡，你倆清白無辜該受責懲的是阿伽門農，
是他派遣二位來此，帶走布里塞伊絲姑娘。
去吧，高貴的帕特羅克洛斯，把姑娘領來，
交給他們帶走。但是，倘若那一天真的來到
我們中間那時，全軍都在等盼我的出戰，
為眾人擋開可恥的毀滅我要二位替我作證，
在幸福的神祇面前，在凡人、包括那位殘忍的王者
面前。毫無疑問，此人正在有害的狂怒中煎熬，
缺乏瞻前顧後的睿智，無力
保護苦戰船邊的阿開亞兵漢。"
帕特羅克洛斯得令而去，遵從親愛的伴友，
以營棚裡領出美貌的布里塞伊絲，交給
二位帶走，後者動身返回營地，沿著阿開亞人的海船；
姑娘儘管不願離去，也只得曲意跟隨。阿基琉斯
悲痛交加，睜著淚水汪汪的眼睛，遠離著夥伴，
獨自坐在灰藍色大洋的灘沿，仁望著渺無垠際的海水，

一次次地高舉起雙手，呼喚著他的過來：

"我的母親，既然你生下一個短命的兒郎，

那俄林波斯山上炸響雷的宙斯便至少

應該讓我獲得榮譽，但他卻連一丁點兒都不給。

現在，阿特柔斯之子、強有力的阿伽門農

侮辱了我，奪走了我的份禮，霸爲己有。"

他含淚泣訴，高貴的母親聽到了他的聲音，

其時正坐在深深的海底，年邁的父親身邊。

像一縷升空的薄霧，女神輕盈地踏上灰藍色的大海，

行至悲聲哭泣的兒子身邊，屈腿坐下，

伸手輕輕撫摸，出聲呼喚，說道：

"我的兒，爲何哭泣？是什麼悲愁揪住了你的心房？

告訴我，不要把它藏在心裡，好讓你我都知道。"

捷足的阿基瓊斯長嘆一聲，答道：

"你是知道的，你是知道此事的，爲何還要我對你言告？

我們曾進兵塞貝，厄提昂神聖的城，

盪劫了那個去處，把所得的一切全都帶到此地。

阿開亞人的兒子們將戰禮逐份發配，

把美貌的克魯塞伊絲給了阿特柔斯之子。

此後，克魯塞斯，遠射手阿波羅的祭司，

來到身披銅甲的阿開亞人的快船邊，

打算贖回女兒，帶著難以數計的財禮，

手握黃金節杖，杖上系著遠射手

阿波羅的條帶，懇求所有的阿開亞人，

首先是阿特柔斯的兩個兒子，軍隊的統帥。

其他阿開亞人全都發出贊同的呼聲，

表示應該尊重祭司，收下這份光燦燦的贖禮。

然而，此事卻沒有給阿特柔斯之子阿伽門農帶來愉悅，

他用嚴厲的命令粗暴地趕走了老人。
老人憤憤不平地離去，但阿波羅聽到了
他的告言他是福伊波斯極鍾愛的凡人
對著阿開亞人射出了毒箭。兵勇們
成群結隊地倒下，神的箭雨橫掃著
阿開亞人廣闊的營盤。其後，幸得知曉
內情的卜者揭出遠射手的旨意：
既如此，我就第一個出面，要求慰息阿波羅的憤煩。
由此觸犯了阿特柔斯之子，他跳將起來，
對我恫嚇威脅。現在，他的脅言已用行動實踐。
明眸的阿開亞人正用快船把姑娘
帶回克魯塞，滿載著送給阿波羅的禮物。
剛才，使者帶走了布里修斯的女兒，
從我的營棚，阿開亞人的兒子們分給我的戰禮。
事已至此，你，如果有這個能力，要保護親生的兒子。
你可直奔俄林波斯，祈求宙斯幫忙，倘若從前
你曾博取過他的歡心，用你的行動或語言。
在父親家裡，我經常聽你聲稱，說是
在不死的神祇中，只有你曾經救過克羅諾斯之子，
烏雲的駕馭者，使他免遭可恥的毀滅。
當時，其他俄林波斯眾神試圖把他付諸繩索，
包括赫拉、波塞冬，還有帕拉絲‧雅典娜。其時，
女神，你趕去為他解下索銬，迅速行動，
把那位百手生靈召上俄林波斯山面。這位力士，
神們叫他布里阿桑斯，但凡人都稱其為
埃伽昂，雖說他的力氣勝比他的親爹。
他在克羅諾斯之子身邊就座，享受著無上的榮光：
幸運的諸神心裡害怕，放棄了捆綁宙斯的念頭。

你要讓他記起這一切：坐在他的身邊，抱住

他的膝蓋，使他產生幫助特洛伊人的心念，

把阿開亞人逼向木船和大海，在那裡

長眠，使他們都能得益於那位王者的惡行，

也能使阿特柔斯之子、統治著遼闊疆域的阿伽門農認識到

自己的驕狂，後悔侮辱了阿開亞人中最好的俊傑。"

聽罷這番話，塞提絲淚水橫流，答道：

"欸，苦命的兒子！我讓你隨著不幸來到人間，

為何又要把你帶大？

但願你能聊無煩惱地坐在船邊，和淚水絕緣，

只因你今生短暫，剩時不多。現在看來，

你不僅一生短促，而且要比世人承受更多的苦難。

兒啊，我把你生在廳堂裡，讓你面對厄運的熬煎！

儘管如此，我還要去那白雪覆蓋的俄林波斯大山，求合於

喜好炸雷的宙斯。或許，他會使我們得償如願。

至於你，你可繼續呆在自己的快船邊，

滿懷對阿開亞人的憤怒，不要參戰。

宙斯已遠行俄開阿諾斯，就在昨天，參加高貴剛勇的

埃西俄丕亞人的歡宴，帶著神的群族，同行的旅伴。

到那第十二天上，他將回到俄林波斯；屆時，

我將帶著你的祈願，前往他那青銅鋪地的房居，

抱住他的膝蓋，我想可以把他爭勸。"

罷，女神飄然而去，留下兒子一人，

為著那位束腰秀美的女子傷心他們不顧

他的意願，強行帶走了姑娘。與此同時，

俄底修斯的木船．載著神聖的牲祭，已經駛入克魯塞海面。

當船隻進入了畜水幽深的碼頭，他們

收攏船帆，堆放在烏黑的海船裡，

鬆動前支索，使桅杆迅速躺倒在支架上，

然後盪起木槳，劃向落錨的灘岸。

他們拋出錨石，系牢船尾的繩纜，

足抵灘沿，邁步向前，抬著

獻給遠射手阿波羅的豐盛的祭件。

克魯塞伊絲姑娘亦自個兒從破浪遠洋的海船上下來，

足智多謀的俄底斯引著她走向祭壇，

把她送入父親的懷抱，對他說道：

"克魯塞斯，受民眾的王者阿伽門農派遣，

我送回了你的女兒，並準備舉行一次神聖的牲祭，

代表達奈人，獻給福伊波斯，以平撫這位

王者：他給阿開亞人帶來了痛苦和悲哀。"

言罷，他把姑娘留給父親的懷抱，後者高興地

接過愛女。其時，堅固的祭壇旁，人們手腳麻利，

收拾著奉祭給阿波羅的牲獻。

然後，他們洗過雙手，抓起大麥。

克魯塞斯雙臂高揚，用洪亮的聲音朗朗作禱：

"聽我說，銀弓之神，衛護克魯塞和

神聖的基拉、強有力地統治著忒奈多斯的王者，

倘若你以前曾聽過我的誦告，

給了我榮譽並狠狠地懲治了阿開亞人，

那麼，請你再次滿足我的祈望，

消止達奈人承受的這場可怕的瘟孽。"

他如此一番祈禱，福伊波斯·阿波羅聽到了他的聲音。

當眾人作過禱告，撒過祭麥後，他們

扳起祭畜的頭顱，割斷它們的喉管，剝去皮張，

然後剔下腿肉，用油脂包裹腿骨，

雙層，把小塊的生肉置于其上。

老人把肉包放在劈開的木塊上焚烤，灑上閃亮的

醇酒，年輕人手握五指尖叉，站在他的身邊。

焚燒了祭畜的腿件，品嘗過內臟，

他們把所剩部分切成小塊，用叉子

挑起來仔細炙烤後，脫叉備用。

當一切整治完畢，盛宴已經排開，

他們張嘴咀嚼，人人都吃到足份的餐餚。

當大家滿足了吃喝的慾望，

年輕人將醇酒注滿兌缸，先在眾人的

杯盞裡略倒一點祭神，然後灌滿各位的酒盅。

整整一天，他們用歌唱平息神的憤怒，

年輕的阿開亞兵勇唱著動聽的贊歌，

頌揚發箭遠方的射手，後者正高興地聽著他們的唱頌。

當太陽西沉，夜色降臨後，

他們躺倒身子，睡在系連船尾的纜索邊。

然而，當年輕的黎明，垂著玫瑰紅的手指，重現天際時，

他們登船上路，駛向阿開亞人寬闊的營盤。

遠射手阿波羅送來陣陣疾風，

他們樹起桅杆，掛上雪白的篷帆，

兜鼓起勁吹的長風；海船迅猛向前，

劈開一條暗藍色的水路，浪花唰唰地飛濺，唱著轟響的歌。

海船破浪前進，朝著目的地疾行。

及至抵達阿開亞人寬闊的營盤，

他們把烏黑的木船拖上海岸，置放在

高高的沙灘，搬起長長的支木，塞墊在船的底面。

然後，眾人就地散夥，返回各自的營棚和海船。

但是，裴琉斯高貴的兒子、捷足的阿基琉斯

此時仍然盛怒不息，置身迅捷的海船旁邊。

現在，他既不去集會人們在那裡爭得榮譽，
也不參加戰鬥，而是日復一日地呆在船邊，耗磨著
自己的心力，渴望重上戰場，聽聞震耳的殺喊。
然而，那天以後，隨著第十二個黎明的降臨，
永生的神祇，在宙斯帶領下，一起返回
俄林波斯山面。其時，塞提絲沒有忘記
兒子的懇求，一大早就從海浪裡踏出
身腿，直奔俄林波斯山頂，遼闊的天界，
發現沉雷遠播的宙斯，正離著眾神，
獨自坐在山脊聳疊的俄林波斯的峰巔。
她撲上前去，坐在他的面前，左手抱住
他的膝蓋，右手上伸，托住他的頷沿，
向王者宙斯、克羅諾斯之子求援：
"父親宙斯，如果說，在不死的神祇中，我確曾幫過你，
用我的話語或行動，那麼，就請你答應我的祈願：
讓我兒獲得榮譽，幫助這個世間
最短命的人兒！現在，民眾的王者阿伽門農
侮辱了他，奪走了他的份禮，霸爲己有。
多謀善斷的宙斯，依林波斯的主宰，讓我兒獲取尊譽，
讓特洛伊人得勝戰場，直到阿開亞人
補足他的損失，增添他的榮光！"
塞提絲如此一番懇求，但匯聚烏雲的宙斯靜坐
不語，沉默了許久。塞提絲的左手一直不曾
鬆開他的膝蓋，此時更是緊抱不放，再次催求：
"答應兌現我的懇求，父親，給我點個頭！
要不，你就拒絕我的請求，因爲你啥也不怕，倒是可以
讓我知道，神祇中，我這個最受委屈的女神，
已經倒霉到了什麼程度。"

此番話極大地煩擾了宙斯的心境，烏雲的匯聚者答道：
"這是件會引來災難的麻煩事，你將導致我同赫拉的
抗爭。看著吧，她會用刻薄的言詞對我挑釁。
即便在目前的情勢下，她還總是當著眾神的臉面，指責
我的作為，說我在戰鬥中，如此這般地幫助了特洛伊兵漢。
現在，你馬上離開此地，以免讓她抓住把柄。
我會把此事放在心上，並保證使它實現。
爲了讓你放心，我將對你點頭；
對不死的神祇，這是我所能給的最莊重的諾願。
只要我點頭應允，我的言行就不會摻假，
不容毀駁；我的意圖必將成爲不可逆轉的現實。"
克羅諾斯之子言罷，彎頸點動濃黑的眉毛，
塗著仙液的髮綹從王者永生的頭顱上順勢潑瀉，
搖撼著巍偉的俄林波斯山脈。
兩位神祇，議畢，分手而行。
塞提絲從晶亮的俄林波斯躍下，回到大海的深處，
而宙斯則返回自己的宮殿。神們見狀，起身離座，
所有的神祇，向父親致意；宙斯朝著寶座舉步，
誰也不敢留戀自己的座椅，全都起身直立，迎接他的來臨。
宙斯在王位上就座。然而，赫拉知曉事情的經過，
曾親眼看見海洋老人的女兒。
銀腳的塞提絲和宙斯的聚謀。
她迅速出擊，啓口揶揄，對著克羅諾斯的兒子：
"剛才，詭計多端的大神，又是哪一位神祇和你聚首合謀來著？
背著我詭密地思考和判斷，永遠是你的嗜愛。
你從來沒有這個雅量，把你打算要做的事情直率地對我告言。"
聽罷這番話，神和人的父親開口駁斥，說道：
"赫拉，不要癡心企望了解我的每一絲心緒，

這些不是你所能理解的事情，雖然你是我的妻侶。

任何念頭，只要是適合於讓你聽聞的，那麼，

不管是神還是人，誰都不能搶在你的頭前。

但是，倘若我想避開眾神，謀劃點什麼，

你不要總想尋根刨底，也不許探察盤問！"

聽罷這番話，牛眼睛夫人赫拉答道：

"可怕的王者，克羅諾斯之子，你說了些什麼？

你知道，過去，我可從未詢問，也不曾盤問過你。

事實上，你總是隨心思謀，按你自己的意願。

但現在，我卻十分害怕，怕你已被她說服，

那銀腳的塞提絲，海洋老人的女兒。不是嗎，

今天一早，她就跑到你的身邊，抱住你的膝蓋，

我想你已點頭答應，使阿基琉斯獲得光榮，

把眾多的阿開亞人放倒在海船邊。"

聽罷這番話，宙斯，烏雲的匯聚者，呵斥道：

"你總是滿腹疑忌，狂迷的夫人；我的一舉一動都躲不過你的眼睛！

不過，對這一切，你可有半點作為？你的表現只能進一步

削弱你的地位，在我的心中對於你，這將更為不利。

如果說你的話不假，那是因為我願意讓事情如此這般地發生。

閉上你的嘴，靜靜地坐到一邊去。按我說的辦，

否則，當我走過去，對你甩開雙臂，展示不可抵禦的神力時，

俄林波斯山上的眾神，就是全部出動，也幫不了你的忙！"

聽罷這番話，牛眼睛夫人赫拉心裡害怕，

一聲不吭地克制著自己的心念，服從了他的意志。

宙斯的宮居裡，神們心緒紛盪，個個如此。

其時，為了安撫親愛的母親、白臂膀的赫拉，

赫法伊斯托斯，聲名遐邇的工匠，在神祗中站立起來，說道：

"要是你們二位爭吵不休，爲了凡人的瑣事，

在諸神中引起械鬥，那麼，這將是一場災禍，

一種無法忍受的苦難。盛宴將不再給我們

帶來歡樂：令人討厭的混戰會破毀一切。

所以，我敦請母親，雖說她自己亦已明白，

主動接近我們心愛的父親，爭取宙斯的諒解；這樣，

父親就不再會責罵我們，也不會砸爛宴席上的杯盤。

如果俄林波斯的主宰，玩閃電的大神，打算把

我們拎出座椅，我等之中可沒有與之匹敵的神選。

母親，走上前去，用溫柔的聲調和他說話，

頃刻之間，俄林波斯大神便會恢復對我們的親善。"

言罷，他跳立起來，將一只雙把的杯盞

送到母親手中，勸慰道："耐心些，

我的媽媽，忍讓著點，雖然你心裡難受。

否則，儘管愛你，我將眼睜睜地看著你挨揍，在我的面前；

那時，雖說傷心，我卻難能幫援。

同俄林波斯大神格鬥，可是件吃力不討好的苦差。

還記得上回的情景嗎？那時，我想幫你，

被他一把逮住，抓住我的腳，扔出神聖的門檻。

我飄落直下，整整一天，及至日落時分，

跌撞在萊姆諾斯島上，氣息奄奄。

當地的新提亞人趨身救護，照料倒地的神仙。"

他侃侃道來，逗得白臂女神赫拉眉開眼笑；

她笑容可掬地接過杯盞，從兒子手中。接著，

赫法伊斯托斯從調缸裡舀出甘甜的奈克塔耳，

從左至右，逐個斟倒，注滿眾神的杯盞。

看著他在宮居裡顛跑忙碌的模樣，

幸福的神祇忍俊不住，爆發出歡樂的笑聲。

就這樣，他們享受著盛宴的愉悅，直到太陽西沉。
整整痛快了一天。神們全都吃到足夠的份額，
聆聽著阿波羅彈出的曲調，用那把漂亮的豎琴，
和繆斯姑娘們悅耳動聽的輪唱。
終於，當燦爛的夕光從地平線上消失，
眾神返回各自的居所，倒身睡覺聲名遐邇的
能工巧匠、雙臂粗壯的赫法伊斯托斯曾給每
一位神祇蓋過殿堂，以他的工藝，他的匠心。
宙斯，閃電之王，俄林波斯的主宰，此時亦行往他的睡床，
每當甜蜜的睡眠降附神體，這裡從來便是他棲身的地方。
他上床入睡，身邊躺著享用金座的赫拉。

# 附錄二　《奧德賽》第一卷內容

告訴我，繆斯，那位聰穎敏睿的凡人的經歷，

在攻破神聖的特洛伊城堡後，浪跡四方。

他見過許多種族的城國，領略了他們的見識，

心忍著許多痛苦，掙扎在浩森的大洋，

為了保住自己的性命，使夥伴們得以還鄉。

但即便如此，他卻救不下那些朋伴，雖然盡了力量：

他們死於自己的愚莽，他們的肆狂，

這幫笨蛋，居然吞食赫利俄斯的牧牛，

被日神奪走了還家的時光。開始吧，

女神，宙斯的女兒，請你隨便從哪裡開講。

那時，所有其他壯勇，那些躲過了滅頂之災的人們，

都已逃離戰場和海浪，盡數還鄉，

只有此君一人，懷著思妻的念頭，回家的願望，

被卡魯普索拘留在深曠的嚴洞，雍雅的女仙，

女神中的佼傑，意欲把他招做夫郎。

隨著季節的移逝，轉來了讓他

還鄉伊薩卡的歲月，神明編織的時光，

但即便如此，他卻仍將遭受磨難，

哪怕回到親朋身旁。神們全都憐憫他的處境，
惟有波塞冬例外，仍然盛怒不息，
對神一樣的俄底修斯，直到他返回自己的家邦。
但現在，波塞冬已去造訪遠方的埃西俄丕亞族民
埃西俄丕亞人，居家最僻遠的凡生，分作兩部，
一部棲居日落之地，另一部在呼裴裡昂升起的地方
接受公牛和公羊的牲祭，
坐著享受盛宴的愉暢。與此同時，
其他俄林波斯從神全都匯聚宙斯的廳堂。
神和人的父親首先發話，
心中想著雍貴的埃吉索斯，
死在俄瑞逝忒斯手下，阿伽門農聲名遠揚的兒郎。
心中想著此人，宙斯開口發話，對不死的神明說道：
"可恥啊，我說！凡人責怪我等眾神，
說我們給了他們苦難，然而事實卻並非這樣：
他們以自己的粗莽，逾越既定的規限，替自己招致悲傷，
一如不久前埃吉索斯的作爲，越出既定的規限，
姘居阿特柔斯之子婚娶的妻房，將他殺死，在他返家之時，
儘管埃吉索斯知曉此事會招來突暴的禍殃。
我們曾明告於他，派出赫耳墨斯，眼睛雪亮的阿耳吉豐忒斯，
叫他不要殺人，也不要強佔他的妻房：
俄瑞斯忒斯會報仇雪恨，爲阿特桑斯之子，
一經長大成人，思盼回返故鄉。
赫耳墨斯曾如此告說，但儘管心懷善意，
卻不能使埃吉索斯回頭；現在，此人已付出昂貴的代價。"
聽罷這番話，灰眼睛女神雅典娜答道：
"克羅諾斯之子，我的父親，最高貴的王者，
埃吉索斯確實禍咎自取，活該被殺，

任何重蹈覆轍的凡人，都該遭受此般下場。

然而，我的心靈正爲聰穎的俄底修斯煎痛，

可憐的人，至今遠離親朋，承受悲愁的折磨，

陷身水浪擁圍的海島，大洋的臍眼，

一位女神的家園，一個林木蔥鬱的地方。

她是歹毒的阿特拉斯的女兒，其父知曉

洋流的每一處深底，撐頂著粗渾的

長柱，隔連著天空和大地。

正是他的女兒滯留了那個愁容滿面的不幸之人，

總用甜柔、贊褒的言詞迷濛他的

心腸，使之忘卻伊薩卡，但俄底修斯

一心企望眺見家鄉的炊煙，

盼願死亡。然而你，俄林波斯大神，

你卻不曾把他放在心上。難道俄底修斯

不曾愉悅你的心房，在阿耳吉維人的船邊，

寬闊的特洛伊平野？爲何如此無情，對他狠酷這般？”

聽罷這番話，匯聚烏雲的宙斯開口答道：

“這是什麼話，我的孩子，崩出了你的齒隙？

我怎會忘懷神一樣的俄底修斯？

論心智，凡人中無人可及；論敬祭，

對統掌遼闊天空的神明，他比誰都慷慨大方。

只因環擁大地的波塞冬中阻，

出於對捅瞎庫克洛普斯眼睛的難以消洩的仇怨

神樣的波魯菲摩斯爲大無比，

庫克洛佩斯中他最豪強。他母親是仙女蘇莎，

福耳庫斯的女兒，前者製統著蒼貧的大海

此女曾在深曠的巖洞裡和波塞冬睡躺尋歡。

出於這個緣故，裂地之神波塞冬雖然不曾

把他殺倒，但卻梗阻了他還鄉的企願。

這樣吧，讓我等在此的眾神謀劃他的回歸，

使他得返故鄉。波塞冬要平息怨憤；

面對不死的眾神，連手的營壘，

此君孤身一個，絕難有所作為。"

聽罷這番話，灰眼睛女神雅典娜答道：

"克羅諾斯之子，我們的父親，最高貴的王者，

倘若此事確能歡悅幸福的神祇，

讓精多謀略的俄底修斯回歸，那麼，

讓我們派出赫耳墨斯，導者，斬殺阿耳戈斯的神明，

前往海島俄古吉亞，

以便儘快傳送此番不受挫阻的諭言，

對長髮秀美的女仙，

讓心志剛強的俄底修斯起程，返回故鄉。

我這就動身伊薩卡，以便催勵他的兒子，

鼓起他的信心，

召聚長髮的阿開亞人集會，

對所有的追求者發話，後者正沒日沒夜地

屠宰步履蹣跚的彎角壯牛，殺倒拱擠的肥羊。

我將送他前往斯巴達和多沙的普洛斯，

詢問心愛的父親回歸的資訊，抑或能聽到些什麼，

由此爭獲良好的名聲，在凡人中間。"

言罷，女神繫上精美的鞋條，在自己的腳上，

黃金做就，永不敗壞，穿著它，

女神跨涉蒼海和無垠的陸基，像疾風一樣輕快。

然後，她操起一桿粗重的銅矛，頂著鋒快的銅尖，

粗長、碩大、沉重，用以盪掃地面上戰鬥的

群伍，強力大神的女兒怒目以對的軍陣，

從俄林波斯峰巔直衝而下，

落腳伊薩卡大地，俄底修斯的門前，

庭院的檻條邊，手握銅矛，

化作一位外邦人的形貌，門忒斯，塔菲亞人的頭兒。

她看到那幫高傲的求婚人，

此刻正坐在門前，被他們剝宰的牛皮上，

就著棋盤，歡悅他們的心房。

信使及勤勉的伴從們忙碌在他們近旁，

有的正在兌缸裡調和酒和清水，

有的則用多孔的海綿擦拭桌面，

擱置就緒，另一些人切下成堆的肉食，大份排放。

神樣的忒勒馬科斯最先見到雅典娜，遠在別人之前，

王子坐在求婚者之中，心裡悲苦難言，

幻想著高貴的父親，回歸家園，

殺散求婚的人們，使其奔竄在宮居裡面，

奪回屬於他的權勢，擁佔自己的家產。

他幻想著這些，坐在求婚人裡面，眼見雅典娜到來，

急步走向庭前，心中煩憤不平

竟讓生客長時間地站等門外。他站在女神身邊，

握住她的右手，接過銅矛，

吐出長了翅膀的話語，開口說道：

"歡迎你，陌生人！你將作為客人，接受我們的禮待；

吃吧，吃過以後，你可告知我們，說出你的需願。"

言罷，他引路先行，帕拉絲·雅典娜緊隨在後面。

當走入高大的房居，

忒勒馬科斯放妥手握的槍矛，倚置在高聳的壁柱下，

油亮的木架裡，站挺著眾多的投槍，

心志剛強的俄底修斯的器械。

忒勒馬科斯引她入座，鋪著亞麻的椅墊，

一張皇麗、精工製作的靠椅，前面放著一個腳凳。

接著，他替自己拉過一把拼色的座椅，離著眾人，

那幫求婚者們，生怕來客被喧囂之聲驚擾，

面對肆無忌憚的人們，失去進食的胃口

以便詢問失離的親人，父親的下落。

一名女僕提來絢美的金罐，

倒出清水，就著銀盆，供他們盥洗雙手，

搬過一張溜滑的食桌，放在他們身旁。

一位端莊的家僕送來麵包，供他們食用，

擺出許多佳肴，足量的食物，慷慨地陳放。

與此同時，一位切割者端起堆著各種肉食的大盤，

放在他們面前，擺上金質的飲具，

一位言使往返穿梭，注酒入杯。

其時，高傲的求婚者們全都走進屋內，

在靠椅和凳椅上依次就座，

信使們倒出清水，淋洗各位的雙手，

女僕們送來麵包，滿滿地裝在籃子裡，

年輕人倒出醇酒，注滿兌缸，供他們飲用。

食客們伸出手來，抓起眼前的佳肴。

當滿足了吃喝的慾望，

求婚者們興趣旁移，

轉移到歌舞上來歌舞，盛宴的佳伴。

信使將一把做工精美的豎琴放入菲彌俄斯

手中，後者無奈求婚人的逼迫，開口唱誦。

他撥動琴弦，誦說動聽的詩段。

忒勒馬科斯開口說話，貼近灰眼睛

雅典娜的頭邊，謹防別人聽見：

"對我的告語，親愛的陌生人，你可會怨恨憤煩？
這幫人癡迷於眼前的享樂，豎琴和歌曲，
隨手拈取，無需償付，吞食別人的財產
物主已是一堆白骨，在陰雨中霉爛，
不是棄置在陸架上，便是衝滾在海浪裡。
倘若他們見他回來，回返伊薩卡地面，那麼，
他們的全部祈禱將是企望能有更迅捷的快腿，
而不是成為擁有更多黃金和衣服的富貴。
可惜，他已死了，死於淒慘的命運，對於我們，
世上已不存在慰藉，哪怕有人告訴我們，
說他將會回返故里。他的返家之日已被碎盪破毀。
來吧，告訴我你的情況，要準確地回答。
你是誰，你的父親是誰？來自哪個城市，雙親在哪裡？
乘坐何樣的海船到來？
水手們如何把你送到此地，而他們又自稱來自何方？
我想你不可能徒步行走，來到這個國邦。
此外，還請告訴我，真實地告訴我，讓我了解這一點。
你是首次來訪，還是本來就是家父的朋友，
來自異國它鄉？許多其他賓朋也曾來過
我家，家父亦經常外出造訪。"
聽罷這番話，灰眼睛女神雅典娜答道：
"好吧，我會準確不誤地回話，把一切告答。
我乃門忒斯，聰穎的安基阿洛斯的兒子。
我統治著塔菲亞人，歡愛船槳的族邦。
現在，正如你已看見，我來到此地，帶著海船和伴友，
踏破酒藍色的洋面，前往忒墨塞，
人操異鄉方言的邦域，載著閃亮的灰鐵，換取青銅。
我的海船停駐鄉間，遠離城區，

在雷斯榮港灣，林木繁茂的內昂山邊。

令尊和我乃世交的朋友，可以追溯到久遠的年代

如果願意，你可去問問

萊耳忒斯，年邁的鬥士。人們說，此人現已不來城市，

棲居在他的莊園，生活孤獨淒慘，

僅由一名老婦伺候，給他一些飲食，

每當疲乏折揉他的身骨，

苦作在坡地上的葡萄園。現在，

我來到此地，只因聽說他，你的父親，

已回返鄉園。看來是我錯了，神明滯阻了他的回歸。

卓著的俄底修斯並不曾倒死陸野，

而是活在某個地方，禁滯在蒼森的大海，

一座水浪撲擊的海島，受製於野蠻人的束管，

一幫粗莽的漢子，阻止他的回返，違背他的意願。

現在，容我告你一番預言，神們把它輸入

我的心田；我想這會成為現實，

雖然我不是先知，亦不能準確釋辨飛鳥的蹤跡。

他將不會長久遠離親愛的故土，

哪怕阻止他的禁鏈像鐵一般實堅；

他會設法回程，因為他是個足智多謀的壯漢。

來吧，告訴我你的情況，要準確地回答。

你可是俄底修斯之子，長得牛高馬大？

你的頭臉和英武的眼睛，在我看來，

和他的出奇的相像，我們曾經常見面，

在他出征特洛伊之前，惜同其他軍友，

阿開亞人中最好的壯漢，乘坐深曠的海船。

從那以後，我便再也不曾見他，他也不曾和我見面。"

聽罷這番話，善能思考的忒勒馬科斯答道：

"好吧，陌生人，我會準確不誤地回話，把一切告答。
是的，母親說我是他的兒子，但我自己
卻說不上來；誰也不能確切知曉他的親爹。
哦，但願我是個幸運者的兒男，
他能攢著年邁的皺紋，看守自己的房產！
但我卻是此人的兒子，既然你有話問我，
父親命運險厄，凡人中誰也不及他多難！"
聽罷這番話，灰眼睛女神雅典娜答道：
"神祇屬意於你的家族，讓它千古留芳
瞧瞧裴奈羅珮的後代，像你這樣的兒男。
來吧，告訴我此番情況，回答要真實確切。
此乃何樣宴席，何種聚會？此宴與你何干？
是慶典，還是婚娶？我敢斷定，這不是自帶飲食的聚餐。
瞧他們那驕橫的模樣，胡嚼蠻咬，
作孽在整座廳殿！目睹此番羞人的情景，置身
他們之中，正經之人能不怒滿胸膛！"
聽罷這番話，善能思考的忒勒馬科斯答道：
"既然你問及這些，我的客人，那就容我答來。
從前，這所家居很可能繁榮興旺，
不受別人譏辱，在某個男人生活在此的時節。
但現在，神們居心險惡，決意引發別的結局，
把他弄得無影無蹤，此般處理，凡人中有誰受過，
除他以外？！我將不會如此悲痛，為了他的死難，
倘若他陣亡在自己的夥伴群中，在特洛伊人的土地，
或犧牲在朋友的懷裡，經歷過那場戰殺
這樣，阿開亞全軍，所有的兵壯，將給他堆壘墳塋，
使他替自己，也為兒子，爭得傳世的英名，巨大的榮光。
但現在，兇橫的風暴已把他席捲，死得不光不彩，

沒蹤沒影，無聲無息，使我承受痛苦和悲哀。

然而，我的悲痛眼下已不僅僅是爲了他的死難，

神們還使我遭受別的愁煎。

外島上所有的豪強，有權有勢的戶頭，

來自杜利基昂、薩墨和林木繁茂的扎昆索斯，

連同本地的望族，山石嶙峋的伊薩卡的王貴，

全都在追求我的母親，敗毀我的家院。

母親既不拒絕可恨的婚姻，也無力結束這場紛亂；

這幫人揮霍我的家產，

吞糜我的所有，用不了多久，還會把我撕裂！”

聽罷這番話，帕拉絲·雅典娜怒不可遏，答道：

“眞是無恥之極！眼下，你可眞是需要失離的俄底修斯，

要得火急，他會痛打這幫求婚者，無恥的東西。

但願他現時出現，站在房居的

外門邊，頭戴戰盔，手握槍矛一對，

一如我首次見他的模樣，在我們家裡，

喝著美酒，享受盛宴的甜香。

他從厄夫瑞過來，別了伊洛斯，墨耳墨羅斯的兒男，

乘坐快船，俄底修斯前往該地，

尋求殺人的毒物，以便塗抹羽箭的銅鏃，

但伊洛斯丁點不給，出於對長生不老的神明的懼畏，

幸好家父酷愛令尊，使他得以如願。

但願俄底修斯，如此人傑，出現在求婚人面前：

他們全都將找見死的暴捷，婚姻的悲傷！

然而，這一切都躺等在神的膝頭：

他能否，是的，可否回鄉報仇，在自己的家院。

現在，我要你開動腦筋，

想個辦法，把求婚者們趕出廳殿。

聽著，認真聽取我的囑告，按我說的做。

明天，你應召聚阿開亞壯士集會，

當眾宣告你的主張，讓神明作證。

要求婚者們就此散夥，各回家門，

至於你母親，倘若心靈驅她再嫁，

那就讓她回見有權有勢的父親，回返他的宮中，

他們會替她張羅，準備豐厚的財禮，

嫁出一位愛女應有的陪送。

現在，我將給你明智的勸告，希望你好生聽著。

整備一條最好的海船，帶配二十枝划槳，

出海探問音訊，你那長期失離的父親，

興許能碰上某人，告你得之於宙斯的資訊

對我等生民，它比誰都善傳信訊。

先去普洛斯，詢問卓著的奈斯托耳，

而後前往斯巴達，面見棕髮的墨奈勞斯，

身披銅甲的阿開亞人中，他最後回歸。

這樣，倘若聽說父親仍然活著，正在返家途中，

你仍需等盼一年，儘管已歷經艱辛。

但是，如果聽說他已死了，不再存活，

那麼，你可啟程返航，歸返心愛的故鄉，

堆築墳塋，舉辦隆重的牲祭，

浩大的場面，合適的規模，然後嫁出母親，給另一位丈夫。

當辦完這些，處理得妥妥帖帖，

你應認真思考，在你的心裡魂裡，

想出一個辦法，除殺家居裡的求婚人，

用謀詐，或通過公開的拼戰。

不要再抱住兒時的一切，你已不是小孩。

難道你不曾聽說了不起的俄瑞斯忒斯，

人世間赫赫的英名，殺除弒父的兇手，

奸詐的埃吉索斯，曾把他光榮的父親謀害？

你也一樣，親愛的朋友我看你身材高大，器宇軒昂

勇敢些，留下英名，讓後人稱讚。

現在，我要返回快船，回見我的夥伴，

他們一定在翹首盼望，焦躁紛煩。

記住這一切，按我說的做。"

聽罷這番話，善能思考的忒勒馬科斯答道：

"我的客人，你的話充滿善意，

就像父親對兒子的諄告，我將牢記在心。

來吧，不妨稍作逗留，雖然你急於啟程，

以便洗澡沐浴，放鬆肌體，

舒恰身心，然後回登海船，帶著禮物，

絢麗的精品，貴重的好東西，你可常留身邊，

作為我的餽贈，上好的佳寶，主客間的送禮。"

聽罷這番話，灰眼睛女神雅典娜答道：

"不要留我，因我登程心切。此份禮物，

無論你那可愛的心靈選中什麼，打算給我

請你代為保存，面贈於我，在我下次造訪之後，帶回家中；

你會選定一份佳品，而我將回送一份同樣珍貴的禮物。"

言罷，灰眼睛女神雅典娜旋即離去，

像一只鷹鳥，直刺長空，在忒勒馬科斯心裡

注入了力量和勇氣，使他比往日更深切地懷念父親，

猜度著告晤的含義，

心中滿是驚異，認為來者是一位神明。

他當即舉步，神一樣的凡人，坐人求婚的人群。

著名的歌手正對他們唱誦，後者靜坐聆聽。

歌手唱誦阿開亞人飽含痛苦的回歸，

從特洛伊地面，帕拉絲·雅典娜的報懲。
耳聞神奇的唱聲，從樓上的房間，
謹慎的裴奈羅珮，伊卡里俄斯的女兒，
走下高高的樓梯，建造在她的宮中，
並非獨自蹈行，有兩位侍女伴隨。
當她，女人中的姣傑，來到求婚者近旁，
站在房柱下，柱端支撐著堅實的屋頂，
擾著閃亮的頭巾，遮掩著臉面，
兩邊各站一名忠實的僕伴。
她開口說話，對神聖的歌手，淚流滿面：
"菲彌俄斯，你知曉許多其他故事，
勾人心魂的唱段，神和人的經歷，詩人的傳誦，
何不坐在他們旁邊，選用其中的一段，讓他們靜靜地聆聽，
啜飲杯中的美酒，不要唱誦這個段子，
它那悲苦的內容總是刺痛我的心魂；
難忘的悲愁折磨著我，比對誰都烈，
懷念一位心愛的人兒，每當想起我的夫婿，
他名揚遐邇，傳聞在赫拉斯和整個阿耳戈斯境城。"
聽罷這番話，善能思考的忒勒馬科斯答道：
"母親，為何抱怨這位出色的歌手？
他受心靈的驅使，歡悅我們的情懷。
該受責備的不是歌手，而是宙斯，後者隨心所欲，
治弄吃食麵包的我們，每一個凡人。
此事無可指責，唱誦達奈人悲苦的歸程。
人們，毫無疑問，總是更喜愛最新流誦的段子，
說唱在聽者之中。
認真聽唱，用你的心魂：
俄底修斯不是特洛伊城下惟一失歸的壯勇，

許多人倒死在那裡，並非僅他一人。

回去吧，操持你自個的活計，

你的織機和線桿，還要催督家中的女僕，

要她們好生幹活。至於辯議，那是男人的事情，

所有的男子，首先是我，在這個家裡，我是鎮管的權威。”

裴奈羅珮走回房室，驚詫不已，

把兒子明智的言告收藏心底，

返回樓上的房間，由傳女們偕同，

哭念俄底修斯，心愛的大夫，

直到灰眼睛雅典娜送出睡眠，香熟的睡意把眼瞼合上。

求婚者們大聲喧鬧，在幽暗的廳堂，

爭相禱叫，全都想獲這份殊榮，睡躺在她的身旁。

善能思考的忒勒馬科斯見狀發話，喊道：

“追求我母親的人們，極端貪婪的求婚者們，

現在，讓我們靜心享受吃喝的愉悅，

不要喧囂，能夠聆聽一位像他這樣出色的歌手唱誦，

是一種值得慶幸的佳妙；他有著神一般的歌喉。

明天，我們將前往集會地點展開辯論，

屆時，我將直言相告，

要你們離開我的房居，到別處吃喝，

輪番食用你們自己的東西，一家接著一家啖耗。

但是，倘若你等以爲如此作爲於你們更爲有利，

更有進益，吃耗別人的財產，不予償付，

那就繼續折騰下去，我將對永生的神祇呼禱，

但求宙斯允降某種形式的兆應，

讓你們死在這座房居，白送性命，不得回報！”

聽他說罷，求婚者們個個痛咬嘴唇，

驚異於忒勒馬科斯的言語，竟敢如此大膽地對他們訓話。

人群中，安提努斯，歐培塞斯之子，首先答道：

"忒勒馬科斯，毫無疑問，一定是神明親自出馬，

激勵你採取勇莽的立場，如此大膽地對我們發話。

但願克羅諾斯之子永不立你為王，

統治海水環抱的伊薩卡，雖然這是你的權益，祖輩的遺賞。"

聽罷這番話，善能思考的忒勒馬科斯答道：

"儘管你惱恨我的言詞，安提努斯，

我仍將希願接繼王業，倘若宙斯允諾。

你以為這是凡人所能承受的最壞的事情嗎？

治國為王並非壞事；王者的家業會急速增長，

王者本人享有別人不可企及的榮光。

是的，在海水環抱的伊薩卡，阿開亞王者林立，

有年老的，亦有年輕的，其中任何一個都可雄佔統治的地位，

既然卓著的俄底修斯已經身亡。

儘管如此，我仍將統掌我的家居，發號施令，

對俄底修斯為我爭得的僕幫。"

聽罷這番話，歐魯馬科斯，波魯波斯之子，答道：

"此類事情，忒勒馬科斯，全都候躺在神的膝頭，

海水環抱的伊薩卡將由誰個王統，應由神明定奪。

不過，我希望你能守住你的財產，統管自己的宮房。

但願此人絕不會來臨，用暴力奪走你的家產，

違背你的願望，只要伊薩卡還是個人居人住的地方。

現在，人中的俊傑，我要問你那個生人的情況：

他打哪裡過來，自稱來自何方？

親人在哪，還有祖輩的田莊？

他可曾帶來令尊歸家的消息？

抑或，此行只是為了自己，操辦某件事由？

他匆匆離去，走得無影無蹤，不曾稍事逗留，

使我們無緣結識。從外表判斷，他不像是出身低劣的小人。"

聽罷這番話，善能思考的忒勒馬科斯答道：

"我父親的回歸，歐魯馬科斯，已成絕望。

我已不再相信訊息，不管來自何方，

也不會聽理先知的卜言。

母親會讓他們進來，詢索問告。

那位生人是家父的朋友，打塔福斯過來，

自稱門忒斯，聰穎的安基阿洛斯之子，

塔菲亞人的首領，歡愛船槳的族邦。"

忒勒馬科斯一番說告，但心知那是位不死的女神。

那幫人轉向舞蹈的歡樂，陶醉於動聽的歌聲，

盡情享受，等待夜色的降落。

他們沉湎在歡悅之中，迎來烏黑的夜晚，

隨之離返床邊，各回自己的家府。

忒勒馬科斯走回睡房，傍著漂亮的庭院，

一處高聳的建築，由此可以察見四周。

他走向自己的睡床，心事重重，

忠實的歐魯克蕾婭和他同行，

打著透亮的火把，裴塞諾耳之子俄普斯的女兒，

被萊耳忒斯買下，用自己的所有，

連同她豆蔻的年華，用二十條壯牛在家中，

萊耳忒斯待她如同對待忠貞的妻子，

但卻從未和她同床，以恐招來妻侶的怨憤。

此時，她和忒勒馬科斯同行，打著透亮的火把。

歐魯克蕾婭愛他勝於其他女僕，在他幼小之時，老婦是他的保姆。

他打開門扇，製合堅固的睡房，

坐在床邊，脫去鬆軟的衫衣，

放入精明的老嫗手中，

後者疊起衣裳，拂理平整，
掛上衣釘，在繩線穿綁的床架旁。
然後，她走出房間，關上房門，
手握銀環，攢緊繩帶，合上門閂。
忒勒馬科斯潛心思考，想著帕拉絲·雅典娜
指告的旅程，裹著鬆軟的羊皮，整整一個晚上。

# 附錄三　屈宋賦及漢賦中以敘事手法
呈現之作品舉要表

| 作者〈篇名〉 | 敘　事　特　質　分　析 | | | | |
|---|---|---|---|---|---|
| | 人　物 | 時間流動感 | 空　間 | 故　事{所敘事件} | 敘事視角 |
| 屈原〈離騷〉 | 以第一人稱的「余」、「吾」自稱的敘事者（屈原）；楚國君王、小人（眾女嫉余之蛾眉兮）、女嬃、重華、虬（龍）、鷥（鳳凰）、羲和、望舒、飛廉、鸞皇、雷師、帝閽、豐隆、蹇脩、宓妃、鴆、靈氛、巫咸、西皇等。 | 從自敘身世發端，再述及目前的處境。全篇可說是以意識流手法表達出一生的歷程；例如自「帝高陽之苗裔兮，朕皇考曰伯庸。攝提貞于孟陬兮，惟庚寅吾以降」至（→）「日月忽其不淹兮，春與秋其代序」，或「朝發軔於蒼梧兮，夕余至乎縣圃；欲少留此靈瑣兮，日忽忽其將暮」等等。（註：「→」表示從某一時間點過渡至下一時間點。以下「時間流動感」欄位皆同之，不再贅述。） | 作者對於意識神遊的敘事，特意將空間（場景）變化極快，例如：步余馬於「蘭皋」兮→馳「椒丘」且焉止息→濟「沅湘」以南征兮→朝發軔於「蒼梧」兮→夕余至乎「縣圃」→朝吾將濟於「白水」兮→溘吾遊此「春宮」兮等等，空間跨度極廣。此種忽而天上、忽而人間，頻繁交替的空間變化感，傳遞出作者內在思緒的迅疾紛亂。（註：「→」表示從某一空間過渡至另一空間。以下「空間」欄位皆同之，不再贅述。） | {敘事者先自敘先世與降生年月及其秉賦之美，表達其本欲求得盛年有所建立，但卻遭小人讒害}→{遂遊於天上，與眾神同遊}→{後本欲取道崑崙、渡赤水而去國，忽然臨睨舊鄉，心生悲懷，終究難捨家國離去}⇒整首詩可說是敘事者將其心路歷程透過敘事以呈現之。（註：故事由事件組成。{ }內為事件，「→」表示從某一事件過渡至下一事件。以下「故事」欄位皆同之，不再贅述。） | 第一人稱限知視角 |

| 敘 事 特 質 分 析 | | | | | |
|---|---|---|---|---|---|
| 作 者〈篇名〉 | 人 物 | 時間流動感 | 空 間 | 故 事{所敘事件} | 敘 事視 角 |
| 屈原《九歌·東皇太一》 | 祭巫、上皇（東皇太一）及迎神祭祀的群眾 | 順時序地依序展開祭禮的始終活動：自「吉日兮辰良」起展開祭祀→獻上供品（蕙肴蒸兮蘭藉，奠桂酒兮椒漿）→樂聲及歌舞上場（揚枹兮拊鼓，疏緩節兮安歌，陳竽瑟兮浩倡。靈偃蹇兮姣服，芳菲菲兮滿堂）→祭祀結束。 | 祭祀會場（史記封禪書記載古時天子於春秋二季祭祀太一於東南郊）。 | 敘述祭祀東皇太一的始末過程（祭神的陳設、祭巫的服飾、以音樂歌舞祭神的隆重）：{祭巫到達祭祀會場}→{祭祀儀式開始}→{鼓樂大作，穿著華麗服飾的其他祭巫者，開始以舞獻祀}→{歌舞迎祀後，祭祀典禮結束}。 | 限知視角（敘事者以祭巫為敘事視角，透過祭巫視角將祭祀典禮敘述出來） |
| 屈原《九歌·雲中君》 | 祭巫、雲中君、迎神群眾 | 「浴蘭湯兮沐芳，華采衣兮若英」表示祭祀初起時→「靈連蜷兮既留，爛昭昭兮未央」表示神靈忽然降臨祭祀會場→「猋遠舉兮雲中」表示神靈已返回天上→「思夫君兮太息，極勞心兮忡忡」表示祭禮結束，祭巫及參與祭祀的人們對雲中君的依戀景仰之情。 | 空間變化感如下：從祭巫沐浴裝扮之地點述起→神靈降臨至地上行宮（壽宮）→享祭完畢後，返回天上→祭禮結束。 | 敘述迎神（雲中君）及神靈降臨、倏忽遠逝之事：{祭巫以香花齋成沐浴，並穿上美麗衣服準備祭祀}→{雲中君蒞臨祭祀會場}→{享祀後，倏忽間雲中君返回天上，離開祭場}→{祭巫因神靈的離去而感到悲傷與思念}。 | 限知視角（敘事者以祭巫為敘事視角） |
| 屈原《九歌·湘君》 | 以第一人稱的「余」、「吾」自稱的敘事者（祭巫）；湘君；迎神群眾 | 「君不行兮夷猶，蹇誰留兮中洲」表示祭祀開始，湘君在中洲待誰的模樣→「望夫君兮未來」顯示時間流逝，湘君仍未前來→「鼂騁騖兮江皋，夕弭節兮北渚」表示祭祀時間已進行許久，湘君仍未出現→「捐余玦兮江中，遺余佩兮醴浦」表示祭禮即將結束。 | 空間變化感如下：蹇誰留兮「中洲」→駕飛龍兮北征，邅吾道兮「洞庭」→鼂騁騖兮「江皋」，夕弭節兮「北渚」→遺余佩兮「醴浦」 | 敘述迎神者與神靈（湘君）的互動及迎神尾聲、不遇神靈等事：{祭巫恍惚見到湘君在水中沙洲出現的模樣}→{祭巫極目搜尋，卻不見湘君行蹤}→{祭巫奔馳在江中與江邊，努力尋覓湘君身影，仍未得見}→{祭禮快結束時，祭巫將玉珮拋入江中，以示對尋覓不到湘君的思念}。 | 第一人稱限知視角 |

| 敘　事　特　質　分　析 | | | | | 敘事視角 |
|---|---|---|---|---|---|
| 作者〈篇名〉 | 人物 | 時間流動感 | 空間 | 故事{所敘事件} | 敘事視角 |
| 屈原《九歌‧湘夫人》 | 以第一人稱的「余」，「吾」自稱的敘事者（祭巫）；湘夫人；迎神群眾 | 「帝子降兮北渚，目眇眇兮愁予」表示祭祀之初，祭巫彷彿望見湘夫人已降臨北邊水洲，但極目搜尋，卻再看不見湘夫人蹤影→「朝馳余馬兮江皋，夕濟兮西澨。」表示時間流逝，湘夫人仍未前來→「捐余袂兮江中，遺余褋兮醴浦」表示祭禮即將結束。 | 空間變化感如下：帝子降兮「北渚」→「洞庭」波兮木葉下→登「白蘋」兮騁望→朝馳余馬兮「江皋」，夕濟兮「西澨」→「築室兮水中」→遺余褋兮「醴浦」→搴「汀洲」兮杜若 | 敘述祭巫到處尋覓湘夫人的蹤跡，但湘夫人終究未現身影一事：{祭巫於祭祀開始時，依稀感覺到湘夫人似已降臨在水洲中}→{祭巫定睛搜尋，卻不見湘夫人蹤影}→{為求湘夫人現身祭場，祭巫在水中修築芬芳的水室以迎接湘夫人的降臨}→{水室建好後，仍未得見湘夫人蹤影}→{祭禮將結束，祭巫及祭祀群眾，仍久候不見湘夫人，遂感到無限惆悵}。 | 第一人稱限知視角 |
| 屈原《九歌‧大司命》 | 大司命、祭巫 | 「廣開兮天門」表示祭祀開始，大司命已降臨祭場→「折疏麻兮瑤華」表示人們開始獻祭→「乘龍兮轔轔，高駝兮沖天」表示大司命已返回天上→祭祀結束。 | 空間變化感如下：廣開兮天門，紛吾乘兮玄雲，君迴翔兮以下，踰空桑兮從女→導帝之兮九坑→折疏麻兮瑤華→乘龍兮轔轔，高駝兮沖天→結桂枝兮延佇 | 敘述迎神者祭巫大司命之事：{透過祭巫所見，先敘述大司命乘風駕雲戲劇性登場之事}→{再敘述祭巫企盼能追隨大司命遠去之想法}→{末則敘述大司命降臨祭場不久之後，又飛快地駕著龍車飛馳遠去，祭巫及祭祀者引頸企佇，無限思念之事}。 | 限知視角（敘事者分別以祭巫及大司命為敘事視角） |
| 屈原《九歌‧少司命》 | 以第一人稱的「余」自稱的敘事者（祭巫）；少司命 | 「夫人自有兮美子，蓀何以兮愁苦」表示祭祀開始，少司命降臨祭場，面露愁苦→「忽獨與余兮目成」表示祭祀仍在進行中，由祭巫視角來敘述少司命與其"目成"致 | 空間變化感如下：「滿堂」兮美人（於祭祀會場）→「乘回風兮載雲旗」祭巫想像少司命返回天上的情景→「夕宿兮帝郊」祭巫想像少司命息宿在天界郊野→與女沐兮「咸」→ | 敘述少司命降臨祭場與祭巫「目成」的情景，及少司命倏忽來去、祭巫對神靈無限眷戀之事：{先敘述透過祭巫之眼，看見少司命降臨祭場中，但卻憂愁滿面之事}→{再敘述祭祀會 | 第一人稱限知視角 |

|  | 敘 事 特 質 分 析 | | | | |
|---|---|---|---|---|---|
| 作 者〈篇 名〉 | 人 物 | 時間流動感 | 空 間 | 故 事{所敘事件} | 敘 事視 角 |
|  |  | 意→「入不言兮出不辭」表示少司命已離開祭場→「夕宿兮帝郊」以下數句,表示少司命離開後,祭巫對其之追慕。 | 池」,晞女髮兮「陽之阿」→「登九天兮撫彗星」 | 場都是「美人」(女巫),但少司命卻獨與敘事者「曰成」一事}→{再敘述少司命「乘回風」、「載雲旗」,忽而離去,祭巫感到悲傷一事}→{再敘述少司命夕宿帝郊,登九天、撫彗星,高舉長劍保護少艾(擁幼艾),令祭祀者深爲敬重與思念一事}。 |  |
| 屈原《九歌·東君》 | 東君、祭巫、迎神群眾 | 自東君出場敘起→再敘述「羌聲色兮娛人」「鐘鼓齊鳴」「展詩兮會舞」等音樂、歌舞祭祀活動的展開→「靈之來兮蔽日」表示東君已至祭祀會場上空→「杳冥冥兮以東行」表示東君享祭完畢後,東行而去。 | 空間變化感如下:先敘述在天界東方日出之地的東君住所(暾將出兮東方,照吾檻兮扶桑)→東君離開住所來至人間祭場(靈之來兮蔽日)→東君返回天界(撰余轡兮高駝翔,杳冥冥兮以東行) | 敘述祭祀"東君"(日神)時迎神歌舞之盛,及東君登場時的種種情景:駕龍車、乘火雷、高舉長劍、射擊天狼的事:{先敘述東君甫欲出場,光芒四射的情形}→{再敘述東君駕龍車、乘火雷欲登天時本猶疑回顧,後因人間祭祀鼓樂歡聲雷動,迎神歌舞熱鬧繽紛,東君遂一躍而起,駕著龍車隊伍,應和著旋律來至祭祀會場上空,群神降臨時白日幾被掩蔽的情形(長太息兮將上,心低佪兮顧懷……應律兮合節,靈之來兮蔽日)}→{再敘述}→{最後再敘述東君爲民除害,舉長箭射天狼的豪俠之舉,及射罷之後,端起北斗、斟滿桂酒放懷暢飲,直到夜色茫茫,再整轡驅車,疾行而去之事}。 | 限知視角(敘事者分別以東君及祭巫爲敘事視角) |

| 敘　事　特　質　分　析 | | | | | 敘事視角 |
|---|---|---|---|---|---|
| 作者〈篇名〉 | 人　物 | 時間流動感 | 空　間 | 故　事{所敘事件} | |
| 屈原《九歌·河伯》 | 祭巫、河伯、迎神群眾 | 自「與女遊兮九河，衝風起兮橫波」述起→「日將暮兮悵忘歸」→「子交手兮東行」→祭祀近尾聲，迎祀者進行神靈娶婦的活動（送美人兮南浦。波滔滔兮來迎，魚鱗鱗兮媵予）。 | 與女遊兮「九河」→登「崑崙」兮四望→水中河伯居處（魚鱗屋兮龍堂，紫貝闕兮朱宮）→送美人兮「南浦」 | 敘述迎祀河伯之事：{先敘述祭巫想像與河伯乘水車、駕兩龍同遊九河之事}→{再敘述遊河之後，同登崑崙，俯瞰萬山雲海直至暮色四合仍樂而忘返之事}→{再敘述祭巫想像與河伯遊河登山之後，再至河伯所居住的水中宮殿參觀之事}→{最後敘述河伯欲東行，與祭巫交手而別，迎神的最後活動——為神靈「娶婦」的活動——進入高潮，人們將泥製女俑，披紅戴綠地送入清波，而水中群魚彷彿是來迎親的車駕般活繃歡跳著相湧而來}。 | 限知視角（敘事者以祭巫為敘事視角） |
| 屈原《九歌·山鬼》 | 以第一人稱的「我」自稱的敘事者（祭巫）；山鬼 | 先敘述山鬼彷若已乘赤豹、從文狸，駕著辛夷車來深山裡前來會面→但隔了許久，祭巫仍未見山鬼前來，神遊在山中的祭巫因不得見山鬼而思念不已（采三秀兮於山間，石磊磊兮葛蔓蔓，怨公子兮悵忘歸，君思我兮不得閒）→從白天至夜晚來臨，仍未見山鬼出現（雷填填兮雨冥冥，猿啾啾兮又夜鳴）。 | 若有人兮「山之阿」→「采三秀兮於山間，石磊磊兮葛蔓蔓」→由上述擬想之空間回歸山鬼未至的祭祀現場。 | 敘述祭巫幻想山神似乎自山中乘赤豹、被薜荔，緩緩步出的情形，但卻又遍尋不得山鬼蹤跡，內心感到無限哀愁一事。 | 第一人稱限知視角 |
| 屈原《九歌·國殤》 | 以第一人稱的「余」自稱的敘事者（祭巫）；楚 | 將戰爭的過程鋪敘出來：「操吳戈兮被犀甲」→「旌蔽日兮敵若雲」→ | 戰場 | 敘述戰爭的慘烈及戰士勇敢殺敵、悲壯成仁、屍 | 第一人稱限知視角 |

| 敘　事　特　質　分　析 | | | | | |
|---|---|---|---|---|---|
| 作　者〈篇名〉 | 人　物 | 時間流動感 | 空　間 | 故　事{所敘事件} | 敘　事視　角 |
|  | 國戰士及敵軍 | 「嚴殺盡兮棄原野」→「身既死兮神以靈」。 |  | 橫遍野的情形。 |  |
| 屈原《九章·涉江》 | 以第一人稱的「余」，「吾」自稱的敘事者（祭巫）；重華 | 自幼時心志敘起，而後進入神遊階段，而後再歷敘其被放逐後，往西南走之過程：「余幼好此奇服兮，年既老而不衰」→「駕青虬兮驂白螭，吾與重華遊兮瑤之圃」→「登崑崙兮食玉英」→「且余濟乎江湘」→「朝發枉陼兮，夕宿辰陽」→「入漵浦余儃佪兮」。 | 空間變化感如下：遊兮「瑤之圃」→登崑崙→濟乎江湘→乘鄂渚→步余馬兮「山皋」→邸余車兮「方林」→乘舲船余上「沅」兮→朝發「枉陼」兮，夕宿「辰陽」→入漵浦→猿狖之所居→幽獨處乎「山中」 | 詩人自敘貶謫於陵陽之後，往西南走的情形。詩中自幼時敘起，而後進入神遊狀態，歷敘其與重華暢遊瑤圃、同登崑崙山之事。再敘述其自鄂渚至漵浦之過程。 | 第一人稱限知視角 |
| 屈原《九章·哀郢》 | 以第一人稱的「余」，「吾」自稱的敘事者（屈原） | 歷敘放逐時經過之處，表現出時間流動感：「方仲春而東遷」→「去故鄉而就遠兮」→「甲之鼂吾以行」→「過夏首而西浮兮」→「上洞庭而下江」→「背夏浦而西思兮，哀故都之日遠」→「忽若去不信兮，至今九年而不復」。 | 空間變化感如下：「去故鄉」→遵「江」夏以流亡→發「郢都」而去閭兮→過「夏首」→上洞庭而下江→背「夏浦」→當「陵陽」之焉至兮 | 詩人自敘其被放逐之後，離開郢都，經夏首、洞庭而至夏浦的過程。 | 第一人稱限知視角 |
| 屈原〈遠遊〉 | 以第一人稱的「余」，「吾」自稱的敘事者（屈原） | 歷敘神遊時經過之處，表現出時間流動感：「夜耿耿而不寐兮，魂營營而至曙」→「順凱風以從遊兮，至南巢而壹息」→「忽乎吾將行」→「朝濯髮於湯谷兮，夕晞余身兮九陽」→「載營魄而登霞兮」→「朝發軔於太儀兮，夕始臨乎於微閭」→「歷太皓以右轉兮，前飛廉以 | 空間變化感如下：「故居」→「南巢」→「丹丘」→「湯谷」→「九陽」→「重陽」→「清都」→「太儀」→「於微閭」→「舊鄉」→「南疑」→「寒門」→「大壑」→「至清」（極清虛之境）。 | 詩人自敘有感於時俗之迫阨，願輕舉而遠遊，並將此心路歷程轉換為神遊的經歷以敘事之。 | 第一人稱限知視角 |

| 敘　　事　　特　　質　　分　　析 | | | | | |
| --- | --- | --- | --- | --- | --- |
| 作　者<br>〈篇名〉 | 人　物 | 時間流動感 | 空　間 | 故　事<br>{所敘事件} | 敘　事<br>視　角 |
| | | 啓路」→「涉青雲<br>兮汎濫游兮，忽臨<br>睨夫舊鄉」→「指<br>炎神而直馳兮，吾<br>將往乎南疑」→「上<br>至列缺兮，降望大<br>壑」。 | | | |
| 屈原<br>〈卜居〉 | 屈原、<br>鄭詹尹 | 藉由二人對話，展<br>現出時間的流動<br>感：「心煩慮亂，<br>不知所從，往見太<br>卜鄭詹尹」→「余<br>有所疑，願因先生<br>決之」→「詹尹乃<br>釋策而謝」。 | 太卜所居之處（往<br>見太卜鄭詹尹） | 敘述屈原被放三<br>年，心煩意亂，不<br>知所從，故前往太<br>卜鄭詹尹處，欲求<br>指點迷津一事。 | 第三人稱<br>全知視角 |
| 屈原<br>〈漁父〉 | 屈原、漁父 | 藉由二人對話，展<br>現出時間的流動<br>感：「屈原既放，游<br>於江潭，行吟澤畔」<br>→「漁父見而問之」<br>→「屈原曰……」<br>→「漁父莞爾而<br>笑，鼓枻而去」。 | 沅湘江邊（游於江<br>潭） | 敘述屈原被放逐<br>後，在江邊行吟，<br>巧遇漁父。二人各<br>就其處世觀點展<br>開對話一事。 | 第三人稱<br>全知視角 |
| 屈原<br>〈招魂〉 | 以第一人稱<br>的「吾」自<br>稱的敘事者<br>（屈原）；帝<br>（天帝）、巫<br>陽、被招之<br>魂魄、土<br>伯、美女、<br>歌女樂工<br>等。 | 招魂時，歷敘東南<br>西北及上天、幽都<br>所見種種及不可棲<br>止之因，以表現出<br>穿梭在此地域的時<br>間流動感：「魂兮歸<br>來，東方不吕託<br>些……」→「魂兮<br>歸來，南方不可以<br>止些……」→「魂<br>兮歸來，西方之<br>害……」→「魂兮<br>歸來，北方不吕止<br>些……」→「魂兮<br>歸來，君吾上天<br>些……」→「魂兮<br>歸來，君無下此幽<br>都些……」→「魂<br>兮歸來，入修門<br>些……」→「魂兮<br>歸來，返故居些」<br>→「獻歲發春兮，<br>汨吾南征」→「與 | 空間變化感如<br>下：「東方」→「南<br>方」→「西方」→<br>「北方」→上「天」<br>（天界）→「幽都」（郭都<br>城門）→反「故<br>居」。 | 正文部分歷述東<br>南西北四方與上<br>天幽都之不可<br>去，而後盛言楚國<br>屋宇、陳設、美<br>女、音樂、飲食之<br>美盛以祈靈魂之<br>歸楚。亂辭部分則<br>自敘往年與君王<br>獵獸之情景，如今<br>人事全非，吘然立<br>於瀛池畔回憶往<br>昔之事<br>。 | 第一人稱<br>限知視角 |

| 敘　事　特　質　分　析 | | | | | |
|---|---|---|---|---|---|
| 作　者〈篇名〉 | 人　物 | 時間流動感 | 空　間 | 故　事{所敘事件} | 敘事視角 |
| | | 王趨夢兮」→「朱明承夜兮，時不可以淹」→「魂兮歸來哀江南」。 | | | |
| 宋玉〈風賦〉 | 楚襄王、宋玉、景差 | 藉由宋玉與楚襄王二人對話，展現出時間的流動感：「楚襄王游于蘭台之宮，宋玉景差侍」→「有風颯然而至」→「王乃披襟而當之曰：『快哉此風！……』」→「宋玉對曰：『此獨大王之風耳……』」→「王曰：『夫風者，天地之氣，溥暢而至……』」→「宋玉對曰：『臣聞于師，枳句來巢……』」→「王曰：『大風始安生哉？』」→「宋玉對曰：『大風生於地……』」→「王曰：『善哉論事！夫庶人之風，豈可聞乎？』」→「宋玉對曰……」 | 空間變化感如下：由宋玉與楚襄王所在地的蘭台之宮，轉而至宋玉所敘述的「大王之雄風」與「庶人之雌風」之各場景（「大王之雄風」：生於地→起於青蘋之末→侵淫谿谷→緣泰山之阿，舞于松柏之下→乘凌高城，入于深宮→徘徊于桂椒之間→翱翔于激水之上→倘佯中庭，北上玉堂→躋于羅帷，經於洞房；「庶人之雌風」：塕然起於窮巷之間→沖孔襲門→邪薄入甕牖，至於室廬）。 | 敘述宋玉、景差陪襄王遊蘭臺之宮時，忽而有風颯然而至，宋玉巧妙地借風為題，諷刺楚王淫樂驕縱，毫不體恤百姓疾苦一事。他把大自然的風分為雄雌二風，雄風只有最高統治者才能享用，而雌風屬於庶民百姓，揭示了統治者與被統治者之間的懸殊。文中極其形象地描寫風怎樣"起於青萍之末"，怎麼漸而大，又怎樣漸而小，寫出了事物發展的全過程：{楚襄王與宋玉、景差遊於蘭台之宮，忽而有風颯然而至}→{楚襄王敞開衣襟，向宋玉、景差說道：「快哉此風！寡人所與庶人共者邪？」}→{宋玉向楚襄王說明吹拂在楚王身上者為「大王之雄風」}→{楚王詢問何謂「雄風」}→{宋玉向楚王描摹雄風自何而起，所經歷之處為何}→{楚王再詢問何謂庶人之雌風}→{宋玉向楚王描摹雌風自何而起，所經歷之處為何}。 | 第三人稱全知視角 |

| 敘　事　特　質　分　析 | | | | | |
|---|---|---|---|---|---|
| 作者<br>〈篇名〉 | 人　物 | 時間流動感 | 空　間 | 故　事<br>{所敘事件} | 敘事<br>視角 |
| 宋玉<br>〈大言賦〉 | 楚襄王、宋玉、唐勒、景差 | 藉由楚襄王與宋玉、唐勒、景差等人的對話，展現出時間的流動感：<br>「楚襄王與唐勒、景差、宋玉游于陽雲之台」→「王曰：『能為寡人大言者上座。』」→「王因唏曰……」→「至唐勒，曰……」→「至景差曰……」→「至宋玉，曰……」→「王曰：『未也。』」→「玉曰……」。 | 陽雲之台 | 敘述宋玉、唐勒、景差和楚襄王於陽雲之台的遊歷活動。與〈小言賦〉為前後接續的整體故事。楚襄王向宋玉等人邀約誰能述說出極大，為「大言賦」，則賜予高座一事：{楚襄王與唐勒、景差、宋玉游于陽雲之台}→{王曰：「能為寡人大言者上座。」}→楚襄王、唐勒、景差、宋玉依序分別各自述說對「極大」之見解。 | 第三人稱全知視角 |
| 宋玉<br>〈小言賦〉 | 楚襄王、宋玉、唐勒、景差 | 藉由楚襄王與宋玉、唐勒、景差等人的對話，展現出時間的流動：<br>「楚襄王既登陽雲之台，令諸大夫景差、唐勒、宋玉等並造《大言賦》」→「賦畢而宋玉受賞」→「王曰：……賢人有能為《小言賦》者，賜之雲夢之田。」→「景差曰……」→「唐勒曰……」→「宋玉曰……」→「王曰：『善。』賜以雲夢之田」。 | 陽雲之台 | 接續上欄〈大言賦〉所言之活動，楚襄王又向宋玉等人說誰能述說出「極小」，則賜予雲夢之田。宋玉以其聰慧智識才壓唐勒、景差，其所言之「大」，無邊無際，無法言狀，其所言之小，至精至微，無可捉摸，因其所言深得楚王賞識，遂獲得楚王賜以雲夢之田：{楚襄王既登陽雲之台，令諸大夫景差、唐勒、宋玉等並造《大言賦》，賦畢而宋玉受賞}→{王曰：「賢人有能為《小言賦》者，賜之雲夢之田。」}→景差、唐勒、宋玉依序分別為「小言賦」，述說極小為何→楚王評定宋玉為勝，並賜以雲夢之田。 | 第三人稱全知視角 |

| 敘　事　特　質　分　析 | | | | | |
|---|---|---|---|---|---|
| 作者〈篇名〉 | 人　物 | 時間流動感 | 空　間 | 故　事{所敘事件} | 敘事視角 |
| 宋玉〈諷賦〉 | 楚襄王、唐勒、宋玉、主人之女 | 藉由楚襄王與唐勒及宋玉等人的對話,展現出時間的流動:「楚襄王時,宋玉休歸」→「唐勒讒之于王曰……」→「玉休還,王謂玉曰……」→「玉曰……」→「王曰……」。 | 空間變化感如下:由宋玉歸鄉一轉而至楚襄王與唐勒所在地之楚宮→再轉而宋玉回宮見楚王→再轉而宋玉向楚王述說出行時,遭遇主人之女款待之場景。 | 敘述宋玉向楚襄王述說曾遭主人之女挑逗一事,及其如何拒絕的經過:{唐勒讒之于王曰:「玉為人身體容冶,口多微詞,出愛主人之女,入事大王,願王疏之。」玉休還,王謂玉曰:「出愛主人之女,入事寡人,不亦薄乎?」}→{宋玉向楚王敘述出行時,遭遇主人之女示愛、但其不為所動之過程(臣嘗出行,僕飢馬疲,正值主人門開,主人翁出,嫗又到市,獨有主人女在→女欲置臣,堂上太高,堂下太卑,乃更于蘭房之室,止臣其中→主人之女,醫承日之華,披翠雲之裘,更被白谷之單衫,垂珠步搖,來排臣戶曰:「上客無乃飢乎?」→烹露葵之羹,來勸臣食,以其翡翠之釵,掛臣冠纓,臣不忍仰視→臣複援琴而鼓之,為《秋竹》《積雪》之曲,主人之女又為臣歌→曰:「內怵惕兮徂玉床,橫自陳兮君之傍。君不禦兮妾誰怨,日將至兮下黃泉。」玉曰:「吾寧殺人之父,孤人之子,誠不忍愛主人之女。」)→{楚王曰:「止止。寡人于此時,亦何能已也!」} | 第三人稱全知視角 |

| 敘　事　特　質　分　析 | | | | | 敘事視角 |
|---|---|---|---|---|---|
| 作者〈篇名〉 | 人　物 | 時間流動感 | 空　間 | 故事{所敘事件} | 敘事視角 |
| 宋玉〈高唐賦〉 | 宋玉、楚襄王、楚懷王、巫山神女 | 藉由宋玉與楚襄王二人對話，展現出時間的流動：「昔者，楚襄王與宋玉遊於雲夢之臺」→「須臾之間，變化無窮」→「王問玉曰……」→「玉對曰……」→「王曰……」→「玉曰……」。 | 空間變化感如下：由宋玉與楚襄王所在地的雲夢之臺，轉而至高唐山林之場景，再轉而至先王於其間祭祀出行及狩獵的場景。 | 敘述楚襄王與宋玉同遊雲夢澤，見高唐觀上之雲氣變化無窮。楚襄王不解，詢問宋玉「此何"氣"也？」宋玉遂敘述昔日楚懷王與巫山神女的一段姻緣故事。此外，宋玉並向楚襄王歷敘高唐的景致與先王狩獵之事。 | 第三人稱全知視角 |
| 宋玉〈神女賦〉 | 宋玉、楚襄王、巫山神女 | 時間的流動感如下：先敘述楚襄王與宋玉遊於雲夢之浦→「其夜，王寢」→「明日以白玉」→楚襄王命宋玉為其賦之→宋玉將楚襄王與神女求愛遭拒之過程，依序呈現於賦中。 | 空間變化感如下：「遊於雲夢之浦」→「王寢」→「明日以白玉」→神女來至楚襄之寢宮→神女離開寢宮，「闇然而暝，忽不知處」。 | 敘述楚襄王夜夢神女，違禮追求，但遭神女拒絕之故事：{先敘述楚襄王與宋玉遊於雲夢之浦之事}→{再敘述楚襄王夜寢時，夢到神女來訪，隔日和宋玉述及此事，並命宋玉為此事賦之一事}→{再敘述宋玉將神女似有情似無情之美麗模樣，及楚襄王本欲追求神女，但遭神女所拒一事，作賦以詳述之事}。 | 第三人稱全知視角 |
| 宋玉〈登徒子好色賦〉 | 登徒子、楚襄王、宋玉、東家之子、登徒子之妻、秦章華大夫、鄭衛之女 | 藉由楚襄王、登徒子、宋玉、章華大夫等人的對話，展現出時間的流動：「大夫登徒子侍於楚王，短宋玉曰……」→「王以登徒子之言問宋玉。玉曰……」→「王曰……」→「玉曰……」→「是時，秦章華大夫在側，因進而稱曰……」→「王曰……」→「大夫 | 空間變化感如下：由登徒子、宋玉與楚襄王談話所在地→轉而至宋玉所敘述之東家之子登牆窺臣三年之地→再轉而宋玉所敘述之登徒子住處→再轉而回到章華大夫與楚襄王對話之場景→再轉而至章華大夫所敘述之鄭、衛、溱、洧之間之場景。 | 敘述宋玉在楚王面前就登徒子攻擊他好色而極力為自己辯護一事：{先敘述登徒子向楚王批評宋玉好色又體貌嫺麗、口多微辭，希望楚王勿與之出入後宮一事。王遂以登徒子之言問於宋玉。}→{宋玉向楚王批駁登徒子較之己為好色，並舉東家之女 | 第三人稱全知視角 |

| 作者〈篇名〉 | 人物 | 時間流動感 | 空間 | 故事{所敘事件} | 敘事視角 |
|---|---|---|---|---|---|
| | | | | 敘事特質分析 | |
| | | | | 登牆窺其三年，其不為所動之事，以證其非好色之徒}→{章華大夫在旁，亦向楚王提及少曾遠遊、周覽九土。曾於鄭、衛、溱、洧之間遇到一美人，並以詩贈之一事}→{楚王稱善，宋玉得以不退楚宮} | |
| 宋玉〈釣賦〉 | 宋玉、登徒子、楚襄王 | 藉由宋玉、登徒子與楚襄王的對話，展現出時間的流動感：「宋玉與登徒子偕受釣于玄洲」→「止而並見於楚襄王」→「登徒子曰……」→「王曰……」→「登徒子對曰……」→「襄王……」→「宋玉進曰……」→「王曰……」→「玉曰……」→「王曰：『願遂聞之。』」→「玉對曰……」→「王曰……」→「宋玉對曰……」。 | 空間變化感如下：「宋玉與登徒子偕受釣于玄洲」→「止而並見於楚襄王」。 | 宋玉與登徒子偕受釣於玄洲。止而並見於楚襄王。宋玉乃以「釣術」向楚襄王論治國之道一事：{先敘述宋玉與登徒子於玄洲垂釣之事}→{宋玉與登徒子垂釣之後，相偕晉見楚襄王}→{登徒子先向楚襄王言：「夫玄洲，天下之善釣者也，願王觀焉。」楚襄王欲知"其善如何？"登徒子再向楚襄王說明玄洲水勢與魚沈浮，利於善釣之故。而後宋玉再與楚襄王論持竿釣術猶若治國之術}。 | 第三人稱全知視角 |
| 宋玉〈九辯〉 | 以第一人稱自稱的敘事者（宋玉） | 時間的流動感如下：「獨申旦而不寐兮……時亹亹而過中兮」→「車既駕兮朅而歸，不得見兮心傷悲，倚結軨兮長太息」→「白露既下百草兮」→「霜露慘悽而交下兮」→「四 | 空間變化感如下：從本欲「去故而就新」，獨出他鄉→轉而因思念君王，將車駕「去而復歸」→最後再轉至神遊之地。 | 《九辯》是宋玉身世的自述。詩人從不同角度對蕭瑟秋景的描繪，抒發了自己坎坷不幸的遭遇和一生事業無成的悲秋情懷：{先敘述秋天的肅殺之氣，言已遭放逐在外的悲 | 第一人稱限知視角 |

| 敘 事 特 質 分 析 | | | | | |
|---|---|---|---|---|---|
| 作者〈篇名〉 | 人 物 | 時間流動感 | 空 間 | 故 事{所敘事件} | 敘事視角 |
| | | 時遞來而卒歲兮」→「歲忽忽而遒盡兮，老冉冉而愈弛」→「放游志乎雲中」。 | | 傷}→{敘述有美一人獨出他鄉，見君不得，然思君之心未變}→{霜雪已降，仍未得見君}→{於四時的更替中，又至歲末，歲月疾速流逝，老冉冉將至，感傷一己失恃無所憑依}→{浮雲蔽日，忠信不明，小人日進，君子只能超遠高舉，隨時推移。}→{自述不願與世俗合污之心，只得憑幻想超越現實，神遊太空，與神靈往來，藉以擺脫悲傷的境遇。} | |
| 枚乘〈七發〉 | 吳客、楚太子 | 〈七發〉共計八首，從第一首假託吳客探問楚太子之病敘起，及至以下各首，分別以誇張鋪敘的手法極言於音樂上、飲食上、車馬駕馭上、遊觀玩樂上、畋獵上之種種動態過程，每一首皆體盡時間作用於其上之流動性。 | 空間之變化感伴隨吳客之敘述，依次跳躍如下：楚太子宮→「龍門」→在寬敞的大道上駕馭良馬奔馳→「登景夷之臺，南望荊山，北望汝海，左江右湖」→「下置酒於虞懷之宮」→「遊涉乎雲林，周馳乎蘭澤」→「榛林深澤，煙雲闇莫，兕虎並作」→「並往觀濤乎廣陵之曲江」→楚太子宮。 | 敘述吳客前往探望病中之楚太子，乃提出七件事，欲以要言妙道來治療太子之病，吳客論及第七件事時，太子據几而起，霍然痊癒之事。 | 第三人稱全知視角 |
| 司馬相如〈子虛賦〉 | 子虛、烏有先生 | 藉由人物依序出場及對話，展現時間的流動如下：「楚使子虛始於齊，王悉發車騎與使者出畋」→「畋罷，子虛過妊烏有先生」→「烏 | 空間變化感如下：子虛使於「齊」→王悉發車騎與使者「出畋」→「畋罷，子虛過妊烏有先生」→子虛曰：王車駕千乘，選徒萬騎，畋於「海濱」 | 敘述子虛向烏有先生誇耀楚王游獵雲夢大澤之事。 | 第三人稱全知視角 |

| 敘 事 特 質 分 析 | | | | | |
|---|---|---|---|---|---|
| 作 者〈篇名〉 | 人 物 | 時間流動感 | 空 間 | 故 事{所敘事件} | 敘 事視 角 |
| | | →有先生問曰」→「子虛曰」→曰：「可得聞乎？」→子 虛 曰：「可。……」→於是乎乃使剚諸之倫，手格此獸→於是鄭女曼姬→於是楚王乃登雲陽之臺→烏有先生曰…。 | →雲夢者，方九百里，其中有山焉，其山則……→其南則有平原廣澤→其西則有湧泉清池→其下則有白虎玄豹，蟃蜒貙犴→楚王乃弭節徘徊，遨翔容與，覽乎「陰林」→「游於清池」→「楚王乃登雲陽之臺→烏有先生登場，空間由設想楚王游獵之處，再回到烏有先生住處。 | | |
| 司馬相如〈上林賦〉 | 亡是公、子虛、烏有先生 | 藉由人物依序出場及對話，展現出時間的流動如下：「亡是公听然而笑曰」→敘述上林苑之廣大及漢天子畋獵之事→聽完亡是公敘述後，以子虛及烏有先生承認自己見解有誤作結。 | 空間變化感如下：由烏有先生住處跳躍至漢天子上林苑各處，再回歸到烏有先生住處。 | 敘述亡是公向子虛、烏有先生講述漢天子在上林苑校獵之事。 | 第三人稱全知視角 |
| 司馬相如〈大人賦〉 | 大人；眾神仙（五帝、太一、陵陽、玄冥、黔雷、陸離、潏湟、王子倫、歧伯、祝融、句芒、雷師、風神、西王母等） | 藉由「大人」遊歷天界各處，展現出時間的流動感：「世有大人兮……輕舉而遠遊」→「登太陰兮，與真人乎相求」→「使五帝先導兮」，反大壹而從陵陽」→「吾欲往乎南娭」→「歷唐堯於崇山兮，過虞舜於九疑」→「排閶闔而入帝宮兮」→「登閬風而遙集兮」→「上嵺廓而無天」→「乘虛亡而上遐兮」。 | 空間變化感如下：「大人」由人間輕舉遠遊，駕龍、乘象車，昂首騰飛入仙界，遍歷仙界各處，直至到達視線模糊、聽覺恍惚之天界最遠處。 | 敘述世上有一位「大人」，因為哀傷世俗的脅迫困厄，便離世輕飛，向著遠方漫遊。而後駕龍、乘象車，進入仙界與仙人們相互交遊，遍歷仙界各處，最後騰空上達天界最遠處，超越無有而獨白長存之事。 | 第三人稱全知視角混雜第一人稱限知視角 |

| 敘　　　事　　　特　　　質　　　分　　　析 | | | | | |
|---|---|---|---|---|---|
| 作者〈篇名〉 | 人　物 | 時間流動感 | 空　間 | 故　事{所敘事件} | 敘事視角 |
| 司馬相如〈美人賦〉 | 司馬相如梁王、鄒陽、二名女子 | 藉由人物依序出場及對話內容，展現出時間的流動感：先敘述司馬相如與梁王遊，梁王悅之。→而後，鄒陽向梁王譖言司馬相如：「相如美則美矣，然服色容冶，妖麗不忠，將欲媚辭取悅，遊王後宮，王不察之乎？」→引起梁王起疑→司馬相如為向梁王輸誠，便敘述了過往生活中所遇的女色情事→「臣之東鄰，有一女子。雲髮豐艷，蛾眉皓齒……登垣而望臣，三年于茲矣。臣棄而不許。」→「朝發溱洧，暮宿上宮。上宮閒館，寂寞雲虛，門閤晝掩，……有女獨處，婉然在牀。……皓體呈露，弱骨豐肌。時來親臣，柔滑如脂。」→「臣乃氣服於內，心正於懷，信誓旦旦，秉志不回，翻然高舉，與彼常辭」。 | 空間變化感如下：由梁王與司馬相如所在之宮，跳躍至司馬相如回憶往昔所遇之事的各地點（「少長西土，鰥處獨居」→「朝發溱洧，暮宿上宮」→「翻然高舉，與彼常辭」）。 | 敘述鄒陽向梁王譖言司馬相如，引起梁王起疑，司馬相如為向梁王輸誠，便說出過往生活中不為女色所動之事：{先敘述鄒陽向梁王譖言司馬相如一事}→{再敘述梁王起疑，質問司馬相如一事}→{再敘述司馬相如向梁王述說昔日陸續遭遇二位絕色女子獻情，但他本於禮教不為所動之過程}。 | 第三人稱全知視角 |
| 司馬相如〈長門賦〉 | 「佳人」；以第一人稱的「我」、「妾」自稱的敘事者（陳皇后阿嬌） | 藉由陳皇后在深宮內的等待與徘徊，展現出時間的流動感：「夫何一佳人兮，步逍遙以自虞」→「期城南之離宮。脩薄具而自設兮，君曾不肯乎幸臨」→「登蘭臺而遙望兮」→ | 藉由深宮各處的場景，展現出空間的變化感：「登蘭臺」→「下蘭臺」→「東廂」→「覽曲臺」→「洞房」→「中庭」。 | 敘述漢武帝陳皇后阿嬌遭貶見棄之事：{先透過敘事者的觀察角度，彷彿看到一位身形消瘦、神情憔悴的美人（陳皇后阿嬌）失魂落魄地獨自漫步在深宮內院裡的情景}→{再由敘事 | 起首幾句為第三人稱全知視角；之後轉變為第一人稱限知視角 |

| 敘 事 特 質 分 析 | | | | | |
|---|---|---|---|---|---|
| 作者〈篇名〉 | 人 物 | 時間流動感 | 空 間 | 故 事{所敘事件} | 敘事視角 |
| | | 「下蘭台而周覽兮，步從容於深宮」→「日黃昏而望絕兮，悵獨託於空堂」→「懸明月以自照兮，徂清夜於洞房」→「遂頹思而就床」→「忽寢寐而夢想兮，魄若君之在旁」→「眾雞鳴而愁予兮，起視月之精光。觀眾星之行列兮，畢昴出於東方」。 | | 者模擬陳皇后的心聲代其發言，訴說其對君王的堅貞與盼望，但君王卻未曾再光臨其佳處，令她不勝欷噓一事}→{自「廓獨潛而專精兮」至「席荃蘭而床香」，敘述陳皇后在諾大的長門宮中徘徊踱步，由白晝等待至夜晚、企盼君王來臨的心情與動作}→{最後再敘述陳皇后就寢之後，於睡夢中依稀感覺君王來至身旁，及至醒來，發現仍是獨自一人時的情形（忽寢寐而夢想兮，魄若君之在旁。惕寤覺而無見兮，魂迋迋若有亡。眾雞鳴而愁予兮，起視月之精光）}。 | |
| 東方朔〈答客難〉 | 東方朔、客人 | 藉由人物依序出場及對話，展現出時間的流動感：「客難東方朔曰：『……然悉力盡忠，以事聖帝，曠日持久，積數十年……』」→「東方朔喟然長息，仰而應之曰……」。 | 主客問答之處 | 敘述有一客人向東方朔詰難，問其爲何好學樂道但卻不受朝廷重用？東方朔針對客之詰難，說明時代不同、時勢不同之理。 | 第三人稱全知視角 |
| 揚雄〈長楊賦〉 | 子墨客卿翰林主人 | 時間的流動感如下：「子墨客卿問於翰林主人曰……」→「今年獵長楊……三旬有餘……」→「翰林主人曰……」→「客曰……」→「主人曰：昔有彊秦」→「於是上帝 | 空間的變化感如下：子墨客卿與翰林主人對話中所敘述之各地。 | 敘述子墨客卿向翰林主人指責漢成帝畋獵擾民，而翰林主人則爲成帝辯護一事。 | 第三人稱全知視角 |

| 敘事特質分析 | | | | | |
|---|---|---|---|---|---|
| 作者〈篇名〉 | 人物 | 時間流動感 | 空間 | 故事{所敘事件} | 敘事視角 |
| | | 眷顧高祖」→「七年之間而天下密如也」→「逮至聖文」→「其後熏鬻作虐，東夷橫畔」→「於是聖武勃怒，爰整其旅」→「二十餘年矣，尚不敢惕息」→「今朝廷純仁，遵道顯義」→「迺時以有年出兵，整輿竦戎」→「言未卒，墨客降席，再拜稽首曰……」。 | | | |
| 揚雄〈羽獵賦〉 | 漢成帝、參與畋獵之將士 | 時間的流動感如下：「玄冬季月…帝將惟田于靈之囿」→「於是天子乃以陽晁，始出乎玄宮」→「啾啾蹌蹌，入西園，切神光。望平樂，徑竹林。蹂蕙圃，踐蘭唐。」→「及至罕車飛揚，武騎聿皇」→「相與集於靖冥之館，以臨珍池」→「乃使文身之技，水格鱗蟲」→「旃裘之王，胡貉之長，移珍來享，抗手稱臣」→「因回軨還衡，背阿房，反未央」。 | 空間的變化隨天子羽獵時巡各地而展現：「處於玄宮」→「出乎玄宮」→「東延昆鄰，西馳閶闔」→「入西園」→「望平樂，徑竹林」→「相與集於靖冥之館」→「臨珍池」→「入洞穴，出蒼梧」→「背阿房」→「反未央」。 | 敘述天子羽獵時獵場之廣、儀衛之盛、騎卒之勇、聲勢之大等事。 | 第三人稱全知視角 |
| 揚雄〈甘泉賦〉 | 漢成帝、跟隨帝王出巡之隨扈、將士等人 | 時間的流動感如下：「八神奔而警蹕兮」→「乘輿，迺登夫鳳皇兮而翳華芝」→「是時未軼夫甘泉也，迺望通天之繹繹」→天子儀從行至甘泉宮→「相與齋乎陽靈之宮」→「欽柴宗祈，燎薰皇 | 空間的變化隨天子出巡甘泉宮祭天，沿途所見各景而展現。 | 敘述甘泉宮宛若仙境的美景及天子祭天的過程。 | 第三人稱全知視角 |

| 敘 事 特 質 分 析 | | | | | |
|---|---|---|---|---|---|
| 作 者〈篇名〉 | 人 物 | 時間流動感 | 空 間 | 故 事{所敘事件} | 敘 事視 角 |
| | | 天」→「事畢功弘，迴車而歸」。 | | | |
| 揚雄〈逐貧賦〉 | 揚雄、"貧"、以第一人稱的「余」，「我」自稱的敘事者（揚雄） | 時間流動感如下：「揚子遁世，離俗獨處」→「惆悵失志，呼"貧"與語……從我何求！今汝去矣，勿復久留！」→「"貧"曰：「唯、唯。主人見逐，多言益嗤」→「言辭既聲，色屬目張，攝齊而興，降階下堂」→「余乃避席，辭謝不直」→「"貧"遂不去，與我遊息」。 | 揚雄居處 | 敘述揚雄本與將"貧"逐出家門，與"貧"展開爭論，後揚雄有感於"貧"所陳辭之義，信服其處世仁義之德，便趕緊向其道歉，挽留"貧"不要離去一事。 | 起首為第三人稱全知視角；故事盡尾聲時，轉變為第一人稱限知視角 |
| 〈神烏賦〉 | 雄烏、雌烏、盜烏、府君、賊曹 | 時間流動感如下：「惟此三月，春氣始陽」→「欲勳南山，畏懼猴猿。去危就安，自託府官」→「遂作宮室，雄行求材。雌往索蔽，材見盜取」→「雌烏發忿，追而呼之」→「盜烏不服，反怒作色」→「雌烏曰……」→「盜烏噴然怒曰」→「雌烏沸然而大怒，張目揚眉，搞翼申頸」→「遂相拂傷，雌烏被創」→「賊曹捕取，繫之於柱」→「其雄惕而驚，搞翼申頸，比天而鳴」→「雌曰：『佐子、佐子。……』遂縛兩翼，投于汙廁。肢體折傷，卒以死亡」→「其雄大哀，蹢躅徘徊……遂棄故處，高翔而去」。 | 空間的變化感如下：入府君官署→外出尋建材→建材儲放之處→雌烏與盜烏打鬥之處→「賊曹捕取，繫之於柱」→「投于汙廁」→「棄故處，高翔而去」。 | 敘述神烏的鶼鰈情深及神烏因築巢時發生的建材被盜、雌烏與盜烏爭鬥、雌烏負傷死去、盜烏逍遙法外等故事情節。 | 第三人稱全知視角 |

| 敘　事　特　質　分　析 | | | | | |
|---|---|---|---|---|---|
| 作　者〈篇名〉 | 人　物 | 時間流動感 | 空　間 | 故　事{所敘事件} | 敘事視角 |
| 劉歆〈遂初賦〉 | 以第一稱的「余」、「吾」自稱的敘事者（劉歆） | 時間流動感如下：「昔逐初之顯祿兮」→「入北辰之紫宮」→「二乘駕而既俟，僕夫期而在涂」→「濟臨沃而遙思兮」→「涉凝露之隆霜」→「回百里之無家兮」。 | 空間的變化隨敘事者行旅途中，沿途所見各景而展現。 | 敘事者敘述行旅過程中所見之事，並回顧所經歷之地點有關的歷史人物、事件等。 | 第一人稱限知視角 |
| 班彪〈北征賦〉 | 以第一稱的「我」、「余」自稱的敘事者（班彪） | 時間流動感如下：「朝發軔於長都兮」→「夕宿瓠谷之玄宮」→「歷雲門而反顧」→「乘陵崗以登降」→「息郇邠之邑鄉」→「登赤須之長坂」→「入義渠之舊城」→「日晻晻其將暮兮」→「越安定以容與兮」→「登鄣隧而遙望兮，聊須臾以婆娑」→「隮高平而周覽」。 | 空間的變化隨敘事者行旅途中，沿途所見各景而展現。 | 敘事者敘述從長安至安定，行旅過程中所見之事，並回顧所經歷之地點有關的歷史人物、事件等。 | 第一人稱限知視角 |
| 杜篤〈首陽山賦〉 | 以第一稱的「吾」自稱的敘事者（杜篤）；伯夷；叔齊 | 時間流動感如下：「忽吾睹兮二老，時採薇以從容」→「乃訊其所求，問其所脩」→「其二老乃答余曰……」。 | 首陽山上 | 作者自述其在首陽山得遇伯夷、叔齊二人鬼魂一事：{先敘述敘事者於首陽山看見兩位老者從容採薇之事}→{再敘述由交談詢問中，得知兩位老者為已死之伯夷、叔齊之鬼魂，及他們為何至此之事}。 | 第一人稱限知視角 |
| 傅毅〈舞賦〉 | 宋玉、楚襄王、歌舞女子、參與宴會的文人武士及眾賓客等 | 時間流動感如下：「楚襄王既遊雲夢，使宋玉賦高唐之事」→「將置酒宴飲，謂宋玉曰」→「玉曰：臣聞歌以詠言，舞以 | 空間的變化感如下：由楚襄王與宋玉談話之地→轉而為宋玉賦中所述之宴會場景。 | 敘述宋玉為楚襄王作一賦，賦中描述在宴會中歌舞女子之盛裝美貌及舞姿精彩之事。 | 第三人稱全知視角 |

| 敘　事　特　質　分　析 | | | | | |
|---|---|---|---|---|---|
| 作　者〈篇名〉 | 人　物 | 時間流動感 | 空　間 | 故　事{所敘事件} | 敘　事視　角 |
|  |  | 盡意」→「王曰：試爲寡人賦之」→「皎皎之開夜」→「陳茵席而設坐」→「鄭女出進」→「於是蹁節鼓陳，舒意自廣」→「合場遞進，按次而俟」→「觀者稱麗，莫不怡悅」→「歡洽宴夜，命遣諸客」。 |  |  |  |
| 班固〈西都賦〉 | 西都賓、東都主人 | 時間流動感如下：「有西都賓問於東都主人曰：『……主人聞其故而覘其制乎？』」→「主人曰：『未也。願賓攄懷舊之蓄念……』」→「賓曰：『唯唯……』」 | 空間的變化感如下：由西都賓與東都主人的談話之地→轉而爲西都賓口中所述之長安景色及天子狩獵之處。 | 敘述西都賓向東都主人述說長安的壯麗及天子狩獵之事。 | 第三人稱全知視角 |
| 班固〈東都賦〉 | 西都賓、東都主人 | 時間流動感如下：「東都主人喟然而歎曰」→「主人之辭未終，西都賓矍然失容。逡巡降階，惵然意下，捧手欲辭。」→「主人曰：『復位，今將授子以五篇之詩。』」→「賓既卒業，乃稱曰……」。 | 空間的變化感如下：由東都主人與西都賓的談話之地→轉而爲東都主人口中所述之西漢末年戰亂之景象、天子建都洛陽後的情景及天子狩獵之處。 | 敘述東都主人批駁西都賓觀念上之錯誤並極力頌揚東漢朝廷的禮儀法度與天子行獵時不盡殺的種種情形。 | 第三人稱全知視角 |
| 班昭〈東征賦〉 | 以第一人稱的「余」、「予」自稱的敘事者（班昭） | 時間流動感如下：「惟永初之有七兮，余隨子乎東征，時孟春之吉日兮，撰良辰而將行」→「夕予宿乎偃師」→「明發曙而不寐兮」→「歷七邑而觀覽兮，遭鞏縣之多艱」→「歷滎陽而過卷」 | 空間的變化隨敘事者行旅途中，沿途所見各景而展現。 | 敘事者自敘離開洛陽，隨同兒子至長垣赴任，途中所見所感。 | 第一人稱限知視角 |

| 敘　事　特　質　分　析 | | | | | |
|---|---|---|---|---|---|
| 作　者〈篇名〉 | 人　物 | 時間流動感 | 空　間 | 故　事{所敘事件} | 敘事視角 |
| | | →「食原武之息足，宿陽武之桑間」→「涉封丘而踐路兮」→「遂進道而少前兮，得平丘之北邊」→「入匡郭」→「忘日夕而將昏」→「蒲城」。 | | | |
| 張衡〈西京賦〉 | 憑虛公子安處先生 | 〈西京賦〉與〈東京賦〉整體之時間流動感綜合如下:「有憑虛公子者，……言於安處先生曰……」→「安處先生於是似不能言，憮然有間，乃莞爾而笑曰……」→「客既醉於大道，飽於文義……良久乃言曰……」。 | 空間的變化感如下:由憑虛公子與安處先生的談話之地→轉而爲憑虛公子口中所述之西京長安景色、未央宮、甘泉宮、建章宮奇景、太液池上風光及天子上林苑狩獵之處等。 | 敘述憑虛公子向安處先生述說西京地理位置及奢華盛況等事。 | 第三人稱全知視角 |
| 張衡〈東京賦〉 | 憑虛公子安處先生 | 參見〈西京賦〉之「時間流動感」欄位。 | 空間的變化感如下:由憑虛公子與安處先生的談話之地→轉而爲安處先生口中所述之東京洛陽宮室及天子出行郊祀天地、狩獵之處等。 | 敘述安處先生批評憑虛公子所言失當之事，並起而敘述洛邑地理位置之適中及營建過程、天子郊祀天地、祭祀祖先的盛況、天子親耕籍田、大射之禮、養老之禮等事。 | 第三人稱全知視角 |
| 張衡〈南都賦〉 | 游觀南都之人、劉侯（劉累）、光武帝等 | △敘述南都人暮春修禊之盛，時間流動感如下:「暮春之禊，元巳之辰」→「男女姣服，駱驛繽紛」→「於是齊僮唱兮列趙女，坐南歌兮起鄭儛」→「於是群士放逐，馳乎沙場」→「爾乃撫輕舟兮浮清池，亂北 | 南陽（南都） | 敘述南陽（南都）地理物產的雄奇壯麗及游觀之樂事。 | 第三人稱全知視角 |

| 敘 事 特 質 分 析 | | | | | |
|---|---|---|---|---|---|
| 作 者〈篇 名〉 | 人 物 | 時間流動感 | 空 間 | 故 事{所敘事件} | 敘 事視 角 |
| | | 渚，兮揭南涯」→「夕暮言歸」。△敘述光武帝先世定居南陽的始末，時間流動感如下：「遠世則劉后甘厥龍醢，視魯縣而來遷」→「固靈根於夏葉，終三代而始蕃」→「近則考侯思故，匪居匪寧。慼長沙之無樂，歷江湘而北征」。 | | | |
| 張衡〈歸田賦〉 | 敘事者（張衡） | 時間流動感如下：「遊都邑以永久」→「追漁父以同嬉，超塵埃以遐逝，與世事乎長辭」→「於是仲春令月……於焉逍遙，聊以娛情」→「仰飛纖繳，俯釣長流」→「於時曜靈俄景，繼以望舒」→「將迴駕乎蓬廬」。 | 「原隰鬱茂，百草滋榮」的原野 | 敘事者自敘退隱田園的生活和樂趣。 | 第一人稱限知視角（按：賦中以省略第一人稱的方式來敘述，例如「感蔡子之慷慨」省略主語；「於焉逍遙，聊以娛情」省略主語；「感老氏之遺誡」省略主語等，但皆是自述之句。） |
| 張衡〈髑髏賦〉 | 張衡、莊子髑髏 | 時間流動感如下：「張平子將游日於九野，觀化乎八方」→「於是季秋之辰，微風起涼。聊回軒駕，左翔右昂。步馬於疇阜，逍遙乎陵岡」→「顧見髑髏，委於路旁」→「張平子愀然而問之 | 張衡與髑髏相遇的疇阜陵岡 | 敘述張衡騎馬於疇阜陵岡上時，看見一委身於地的髑髏，二人展開一場死生榮辱對話一事。 | 第三人稱全知視角 |

| 敘　事　特　質　分　析 | | | | | |
|---|---|---|---|---|---|
| 作　者〈篇名〉 | 人　物 | 時間流動感 | 空　間 | 故　事{所敘事件} | 敘　事視　角 |
| | | 曰：「子將并糧推命，以天逝乎？……」→「答曰：『吾宋人也，姓莊名周」→「對曰：『我欲告知於五岳，禱之於神祇。起子素骨，反子四支……』」→「骷髏曰」→「於是言卒響絕，神光除滅」→「乃命僕夫，假之以縞巾，衾之以玄塵，為之傷涕，酹於路濱」。 | | | |
| 王延壽〈夢賦〉 | 以第一人稱的"吾"、"余"自稱的敘事者(王延壽)；各鬼怪 | 時間流動感如下：「余夜寢息」→「乃有非恒之夢」→「悉睹鬼神之變怪」→「群行而輩搖，忽來到吾前。申臂而舞手，意欲相引牽」→「於是夢中驚怒。腷臆紛紜。乃揮手振拳」→「爾乃三三四四，相隨跟傍而歷僻」→「或盤跚而欲走，或拘攣而不能步。」→「奄霧消而光蔽，寂不知其何故」→「耳聊嘈而外朗，忽屈申而覺寤」 | 敘事者之寢室 | 敘事者自敘在夢中與鬼怪奮力打鬥之事。 | 第一人稱限知視角 |
| 蔡邕〈述行賦〉 | 以第一人稱的"余"、"吾"、"我"自稱的敘事者(蔡邕) | 時間流動感如下：「余有行於京洛」→「久余宿于大梁」→「過漢祖之所隘兮，弔紀信于滎陽」→「登長坂以陵高」→「浮清波以橫厲」。 | 空間的變化隨敘事者行旅途中，沿途所見各景而展現。 | 敘事者自敘被迫應召入京，沿途所見所感。 | 第一人稱限知視角 |

| 敘　　事　　特　　質　　分　　析 | | | | | |
|---|---|---|---|---|---|
| 作　者<br>〈篇名〉 | 人　物 | 時間流動感 | 空　間 | 故　事<br>{所敘事件} | 敘　事<br>視　角 |
| 彌衡<br>〈鸚鵡賦〉 | 擬人化的鸚鵡 | 時間流動感如下：「命虞人於隴坻，詔伯益於流沙，跨崑崙而播弋，冠雲霓而張羅」→「爾迺歸窮委命，離群喪侶，閉以雕籠，翦其翅羽」→「流飄萬里，崎嶇重阻，踰岷越障，載罹寒暑」→「嚴霜初降，涼風蕭瑟，長吟遠慕，哀鳴感類」→「想崑崙之高嶽，思鄧林之扶疏」→「顧六翮之殘毀，雖奮迅其焉如」。 | 空間的變化感如下：由西方崑崙山之茂密森林→轉換到江夏地區飼主住處。 | 敘述本在崑崙山之鸚鵡被補的經過，及牠對親人與故鄉山林的思念：{先敘述君王命人捕捉鸚鵡進宮一事}→{再敘述鸚鵡產地之山川險峻，及鸚鵡被捕之後，離開家鄉、離開其親人（此賦以擬人化寫作）、感到無限悲戚之事}→{再敘述鸚鵡於宮中生活，思念家鄉的景物與親人之事}→{最後敘述鸚鵡雖思念家鄉崑崙山，但顧視羽翼已被摧殘，縱然欲歸家鄉終究渺茫。且因無法背棄所受君王恩惠，故表達其願奉獻微軀忠誠，秉心伴隨君王之志}。 | 第三人稱全知視角 |

# 參考文獻舉要

本文所引之主要參考文獻分爲"古典文獻史料"、"近人論著及期刊"及"工具書"三大類。"古典文獻史料"參照《叢書子目類編》分類方式編排，分爲經部、史部、子部、集部，各部之中，按照撰注朝代順序排列。"近人論著及期刊"及"工具書"二類，按性質分類之後，依出版時間排序，同一出版時間者，再依著者、編者姓氏筆畫排序。

凡有關出版項目之記載，一律省略"圖書股份有限公司"與"出版社"等名稱。

## 壹、古典文獻史料

### 一、經　部

1. 《毛詩正義》，毛亨傳，鄭玄箋，孔穎達疏（十三經注疏本），台北：藝文，1993。
2. 《周禮注疏》，鄭玄注，賈公彥疏（十三經注疏本），台北：藝文，1993。
3. 《詩集傳》，朱熹撰，上海：上海古籍，1980。
4. 《左傳杜註補正》，顧炎武撰，台北縣板橋市：藝文，1965。
5. 《說文解字注》，許愼撰，段玉裁注，經韻樓刻本，台北：書銘，1986。
6. 《詩三家義集疏》，王先謙撰，北京：中華書局，1987。

## 二、史　部

1. 《國語》，上海：上海古籍，1988。
2. 《史記》，司馬遷撰，台北市：藝文，2005。
3. 《史記》，司馬遷撰，裴駰集解，司馬貞索引，張守節正義，北京，中華書局，1997。
4. 《新校本漢書集注》，班固撰，顏師古注，台北：鼎文書局，1991。
5. 《漢書》，班固撰，台北市：台灣商務，1996。
6. 《漢書》，班固撰，顏師古注，北京，中華書局，1997。
7. 《新校本後漢書》，范曄撰，李賢注，台北鼎文書局，1991。
8. 《漢書補注》，王先謙注，北京：中華書局，1983。
9. 《後漢書集解》，范曄撰，王先謙集解，長沙王氏虛受堂校刊本，台北：藝文印書館，1951。
10. 《新校本三國志注》，陳壽撰，裴松之注，台北：鼎文書局，1983。
11. 《新校本晉書》，房玄齡等撰，台北：鼎文書局，1980。
12. 《新校本南史》，李延壽撰，台北：鼎文書局，1993。
13. 《新校本北史》，李延壽撰，台北：鼎文書局，1980。
14. 《新校本宋書》，沈約撰，台北：鼎文書局，1990。
15. 《新校本南齊書》，蕭子顯撰，台北：鼎文書局，1980。
16. 《新校本北齊書》，李百藥撰，台北：鼎文書局，1993。
17. 《新校本梁書》，姚察、謝炅等撰，台北：鼎文書局，1992。
18. 《新校本陳書》，姚察、魏徵等撰，台北：鼎文書局，1993。
19. 《新校本隋書》，魏徵等撰，台北：鼎文書局，1993。

## 三、子　部

1. 《老子道德經》，老聃撰，王弼注，陸德明音義，台北市：台灣中華，1966。
2. 《莊子十卷》，莊周撰，郭象注，陸德明音義，台北市：世界，1987。
3. 《世說新語校箋》，劉義慶撰，徐震堮校箋，台北：文史哲，1985。
4. 《容齋隨筆》，洪邁撰，台北：大立，1981。

## 四、集　部
### 【楚辭類】

1. 《楚辭》，劉向編，王逸注，台北：台灣商務印書館，1965。

2. 《楚辭補注》，洪興祖撰，台北：長安，1984。

3. 《山帶閣注楚辭》，蔣驥著，北平市：來薰閣，1933。

4. 《楚辭燈》，林雲銘著，台北市：廣文，1963。

5. 《楚辭通釋》，王夫之著，台北市：里仁，1981。

6. 《屈原賦注》，戴震注，北京：中華書局，1999。

7. 《屈子雜文箋略》，王邦采著，（收錄於《離騷彙訂》，北京市：北京出版社，2000。

## 【總集類】

1. 《文選》，蕭統編，李善注，新校胡刻宋本，台北：華正書局，1995。

2. 《增補六臣註文選》，蕭統編，六臣注，宋末刊本，台北：華正書局，1974。

3. 《樂府詩集》，郭茂倩編，北京：中華書局，1979。

4. 《御定歷代賦彙》，陳元龍等編，康熙四十五年刊本，京都：中文，1974。

5. 《歷代賦彙續》手抄本，台北：國家圖書館善本書室藏。

6. 《全上古三代秦漢六朝文》，嚴可均輯校，北京：中華書局，1958。

7. 《漢魏六朝百三家集》，張溥編，台北：新興書局，1963。

8. 《七十家賦鈔》，張惠言編，道光元年合河康氏刊本，台北：世界書局影印，1964。

9. 《全漢三國晉南北朝詩》，丁福保輯，台北：世界書局，1978。

10. 《漢魏六朝百三家集題辭注》，張溥題辭，殷孟倫輯注，台北：木鐸，1982。

11. 《古詩源》，沈德潛著，北京：中華書局，1993。

## 【詩文評類】

1. 《文章正宗》，真德秀編，台北市：台灣商務（據國立故宮博物院藏本影印），1983。

2. 《文章辨體》，吳訥撰，台南縣：莊嚴文化，1997。

3. 《詩體明辯》，徐師曾纂，台北市：廣文，1972。

4. 《藝概》，劉熙載著，台北：廣文書局，1980。

5. 《藝概》，劉熙載著，台北市：金楓，1986。

6. 《歷代詩話續編》，丁福保編，台北：木鐸，1988。

## 貳、近人論著及期刊

## 一、專　著

### （一）詩賦類

1. 《屈原》，郭沫若著，北京：人民文學，1953。

2. 《敘事詩選》，蘇添穆著，台北：神州書局，1956。

3. 《九歌人神戀愛問題》，蘇雪林著，台北：文星書店，1967。

4. 《楚辭概論》，游國恩著，台北：商務印書館，1970。

5. 《中國詩學大綱》，楊鴻烈著，台北市：台灣商務印書館，1970。

6. 《中國歷代故事詩》，邱燮友著，台北：三民書局，1971。

7. 《漢賦源流與價值之商榷》，簡宗梧著，台北市：文史哲，1980。

8. 《楚辭到漢賦的衍變》，張書文撰，台北市：正中，1983。

9. 《歷代敘事詩》，丁力選，喬斯析，廣州市：花城，1985。

10. 《中國歷代著名敘事詩選》，彭功智編，河南：黃河文藝，1985。

11. 《中國詩歌研究》，羅宗濤等著，台北市：中央文物供應社，1985。

12. 《漢魏六朝賦家論略》，何沛雄著，台北：台灣學生，1986。

13. 《史詩本色與妙悟》，龔鵬程著，台北市：台灣學生書局，1986。

14. 《賦史》，馬積高著，上海：上海古籍，1987。

15. 《漢賦之寫物言志傳統》，曹淑娟著，台北市：文津，1987。

16. 《中國歷代敘事詩歌——先秦兩漢魏晉南北朝編》，路南孚編著，山東：山東文藝，1987。

17. 《中國古代詩歌體裁概論》，麻守中著，吉林：吉林大學，1988。

18. 《先秦漢魏晉南北朝詩》，逯欽立輯校，台北：木鐸，1988。

19. 《中國歷代賦選》，尹賽夫、吳坤定、趙乃增，山西：山西教育，1989。

20. 《漢賦——唯美文學之潮》，劉斯翰著，廣州：廣州文化，1989。

21. 《詩論》，朱光潛著，台北市：國文天地，1990。

22. 《歷代敘事詩賞析》，吳慶峰著，濟南：明天，1990。

23. 《漢魏六朝賦論集》，何沛雄著，台北：聯經，1990。

24. 《敘事詩》，簡恩定等編著，台北：空中大學，1990。

25. 《詩歌分類學》，古遠清先生著，高雄：復文，1991。

26. 《賦學研究論文集》，馬積高，萬光治主編，四川：巴蜀書社，1991。

27. 《原始敘事性藝術的結晶——原始性史詩研究》，劉亞湖著，內蒙古

大學，1991。

28. 《離騷九歌九章淺釋》，繆天華著，台北市：東大，1992。

29. 《神話與詩》，聞一多著，台北市：里仁，1993。

30. 《漢賦史論》，簡宗梧著，台北市：東大，1993。

31. 《民間敘事詩的創作》，王仿、鄭碩人著，上海：上海文藝，1993。

32. 《三曹與中國詩史》，孫明君著，台北市：商鼎文化，1996。

33. 《全漢賦》，費振剛，胡雙寶，宗明華輯校，北京：北京大學，1997。

34. 《辭賦文學論集》，南京大學中文系主編，江蘇教育出版社，1997。

35. 《楚辭鑑賞集成》，周嘯天主編，台北市：五南，1997。

36. 《漢魏六朝騷體文學研究》，郭建勛著，湖南：湖南教育，1997。

37. 《抒情與敘事》，洪順隆著，台北市：黎明文化，1998。

38. 《氣象非凡的漢賦》，駱冬青著，瀋陽：遼寧古籍，1998。

39. 《賦與駢文》，簡宗梧著，台北市：台灣書店，1998。

40. 《六朝賦述論》，于浴賢著，保定：河北大學，1999。

41. 《習賦椎輪記》，朱曉海著，台北市：台灣學生，1999。

42. 《辭賦文學論集》，南京大學中文系主編，南京：江蘇教育，1999。

43. 《家國與性別——漢晉辭賦的楚騷論述》，鄭毓瑜著，台北：里仁，1999。

44. 《歷代賦廣選新注集評》，曲德來、遲文浚、冷衛國注，遼寧：遼寧人民，2001。

45. 《抒情與描寫——六朝詩歌概論》，孫康宜著，鍾振振譯，台北市：允晨文化，2001。

46. 《新譯楚辭讀本》，傅錫壬註譯，台北市：三民書局，2001。

47. 《中國敘事詩研究》，高永年著，南京：江蘇教育，2002。

48. 《中國古代敘事詩研究》，程相占著，桂林市：廣西師範大學，2002。

49. 《女性‧帝王‧神仙：先秦兩漢辭賦及其文化身影》，許師東海著，台北市：里仁，2003。

50. 《歷代敘事詩名篇賞析》，劉學鍇，趙其鈞，周嘯天著，台北：華成圖書，2003。

## （二）敘事學類

1. 《刑名學與敘事學理論》，高辛勇著，台北：聯經，1987。

2. 《敘事的藝術》，孟繁華著，北京：中國文聯，1989。

3. 《敘述學研究》，張德寅編選，北京：中國社會科學，1989。

4. 《批評的批評——教育小說》，茨維坦·托多洛夫著，王東亮、王晨陽譯，蔡源煌校，台北市：久大文化，1990。

5. 《敘事話語·新敘事話語》，熱拉爾·熱奈特著，王文融譯，北京：中國社會科學，1990。

6. 《敘事虛構作品：當代詩學》，（以色列）施洛米絲·雷蒙——凱南著，賴干堅譯，福建：廈門大學，1991。

7. 《當代敘事學》，（美）華萊士·馬丁著，伍曉明譯，北京：北京大學，1991。

8. 《講故事的奧秘——文學敘述論》，傅修延著，南昌市：百花洲文藝，1993。

9. 《敘事學》，胡亞敏著，武漢：華中師範大學，1994。

10. 《敘述學：敘事理論導論》，（荷）米克·巴爾著，譚君強譯，北京：中國社會科學，1995。

11. 《敘事文學感染力研究》，胡平著，天津市：百花文藝，1995。

12. 《敘事學導論》，羅鋼著，昆明：雲南人民，1995。

13. 《中國敘事學》，浦安迪著，北京：北京大學，1996。

14. 《講故事：對敘事虛構作品的理論分析》，史蒂文·科恩，琳達·夏爾斯著，張方譯，〔台北縣〕板橋市：駱駝，1997。

15. 《敘述學與小說文體學研究》，申丹著，北京：北京大學，1998。

16. 《中國敘事學》，楊義著，嘉義縣大林鎮：南華管理學院，1998。

17. 《先秦敘事研究》，傅修延著，北京：東方出版社，1999。

18. 《通俗文化、媒介和日常生活中的敘事》，（美）阿瑟·阿薩·伯杰（Arthur Asa Berger）著，姚媛譯，柯平校譯，南京市：南京大學，2000。

19. 《敘述學》，董小英著，北京：社會科學文獻，2001。

20. 《解讀敘事》，（美）J.希利斯·米勒著，申丹譯，北京：北京大學，2002。

21. 《作為修辭的敘事：技巧、讀者、倫理、意識型態》，（美）詹姆斯·費倫著，陳永國譯，北京市：北京大學，2002。

22. 《敘事理論與審美文化》，譚君強著，北京：中國社會科學，2002。

23. 《後現在敘事理論》，（英）柯里著，寧一中譯，北京：北京大學，2003。

24. 《敘事的詩學》，祖國頌著，合肥：安徽大學，2003。

25. 《新敘事學》，（美）戴爾·赫爾曼主編，馬海良譯，北京：北京大學，2003。

## （三）文學史類（包含詩史暨辭賦史）

1. 《中國韻文史》，澤田總清著，王鶴儀編譯，台北：台灣商務印書館，1965。

2. 《中國文學批評史》，郭紹虞著，台北：明倫，1970。

3. 《中國詩史》，吉川幸次郎著，劉向仁譯，台北市：明文書局，1983。

4. 《中國文學史》，中國社會科學院文學研究所中國文學史編寫組，北京：人文文學，1984。

5. 《中國文學思想史》，青木正兒著，孟慶又譯，春風文藝，1985。

6. 《中國中古詩歌史》，王鐘陵著，江蘇：江蘇教育，1988。

7. 《中國詩史漫筆》，李慶，武蓉著，山西：中國文聯，1988。

8. 《白話文學史》，胡適著，台北市：遠流，1988。

9. 《校訂本中國文學發展史》，劉大杰著，台北市：華正書局，1991。

10. 《中國文學史》，葉慶炳著，台北市：台灣學生書局，1990。

11. 《中國文學史》，游國恩等所著，台北市：五南書局，1990。

12. 《魏晉南北朝賦史》，程章燦著，南京：江蘇古籍，1992。

13. 《中國文學批評史》，王運熙、顧易生主編，台北市：五南圖書，1993。

14. 《中國詩歌史（先秦兩漢）》，張松如著，高雄市：麗文文化，1994。

15. 《中國詩歌史（魏晉南北朝）》，張松如主編，鍾優民撰寫，高雄市：麗文文化，1994。

16. 《先秦兩漢魏晉南北朝文學史》，聶石樵著，北京：北京師範大學，1994。

17. 《漢代詩歌史論》，張松如主編，趙敏俐著，吉林：吉林教育，1995。

18. 《中國辭賦發展史》，郭維森，許結著，江蘇：江蘇教育，1996。

19. 《中國詩史》，陸侃如、馮沅君著，山東大學，1996。

20. 《魏晉南北朝文學批評史》，羅根澤著，台北市：台灣商務，1996。

21. 《中國辭賦流變史》，李曰剛著，台北市：國立編譯館，1997。

22. 《中國浪漫主義文學史》，蔡守湘主編，武漢：武漢，1999。

23. 《詩學史》，（法）貝西埃等主編，史忠義譯，天津：百花文藝，2002。

24. 《先秦詩文史》，揚之水著，瀋陽：遼寧教育，2002。

## （四）美學類

1. 《漢代繪畫選集》，常任俠編，朝花美術，1956。

2. 《中國詩歌美學》，蕭馳著，北京：北京大學，1986。

3. 《詩歌形態美學》，盛子潮、朱水涌著，福建：廈門大學，1987。

4. 《中國劇詩美學風格》，蘇國榮著，台北：丹青圖書，1987。

5. 《美的歷程》，李澤厚著，台北市：金楓，1991。

6. 《中國繪畫史》，張朝暉，徐琛著，台北市：文津，1996。

7. 《中國繪畫通史》，王伯敏著，上冊，台北市：東大，1997。

8. 《新古典浪漫主義之旅》，張心龍著，台北市：雄獅，1998。

## （五）比較文學類

1. 《比較文學理論與實踐》，張漢良著，台北：東大，1986。

2. 《中外比較文學譯文集》，周發祥編，北京：中國文聯，1988。

3. 《比較文學方法論》，劉介民著，台北市：時報文化，1990。

4. 《從比較神話到文學》，陳慧樺,古添洪編著，台北市：東大圖書，1993。

5. 《中西敘事文學比較研究》，（美）丁乃通著，陳建憲、黃永林、李揚、余惠先譯，武漢：華中師範大學，1994。

6. 《西方文論與中國文學》，周發祥著，江蘇：江蘇教育，1997。

7. 《中國文論與西方詩學》，余虹著，北京：生活・讀書・新知三聯書店，1999。

## （六）其　他

1. 《觀堂集林》，王國維著，台北：中華書局，1959。

2. 《中國古代宗教與神話考》，丁山著，上海市：上海龍門聯合書店，1961。

3. 《魏晉風氣與六朝文學》，朱義雲著，台北市：文史哲，1971。

4. 《西洋文學術語叢刊》（下）冊，John D. Jump 編作，顏元叔翻譯，台北市：黎明文化，1978。

5. 《中國文學研究》，鄭西諦等編，台北：國泰文化，1980。

6. 《文學美綜論》，柯慶明著，台北市：長安，1983。

7. 《文心雕龍注釋》，劉勰著，周振甫注，台北市：里人書局，1984年。

8. 《兩漢魏晉之道家思想》，陶建國著，台北市：文津，1986年。

9. 《士與中國文化》，余英時著，上海：上海人民，1987。

10. 《文學概論》，王夢鷗著，台北縣：藝文印書館，1989。

11. 《文學概論》，本間久雄著，台北市：台灣開明，1989。

12. 《浪漫主義》，利裏安・弗斯特著，李今譯，北京市：昆侖，1989。

13. 《古代文學理論研究叢刊》，郭紹虞等編，台北市：新文豐，1989。

14. 《文學概論》，張健著，台北市：五南圖書，1990。

15. 《從浪漫主義到後現代主義》，蔡源煌著，台北：雅典，1991。

16. 《昭明文選譯注》，陳宏天等譯注，長春：吉林文史，1994。

17. 《文學批評術語》，張京媛等譯，香港：牛津大學，1994。

18. 《魏晉玄學與文學思想》，盧盛江著，天津：南開大學，1994。

19. 《魏晉六朝文學與玄學思想》，袁峰著，西安市：三秦，1995。

20. 《文學與美學》，龔鵬程著，台北：業強，1995。

21. 《漢代文人與文學觀念的演進》，于迎春著，北京：東方，1997。

22. 《求真・求善・求真：王國維文選》，王國維著，徐洪興編選，上海市：上海遠東，1997。

23. 《新譯昭明文選》，周啟成等註譯，台北市：三民，1997。

24. 《漢魏六朝文學論集》，廖蔚卿著，台北：大安，1997。

25. 《尹灣漢墓簡牘》，連雲港市博物館、東海縣博物館、中國社會科學院簡帛研究中心、中國文物研究所，北京：中華書局，1997。

26. 《道家及其對文學的影響》，李生龍著，湖南：岳麓書社，1998。

27. 《西洋通史》，王德昭著，台北市：五南，1999。

28. 《中國抒情傳統》，蕭馳著，台北：允晨文化，1999年。

29. 《西洋文學導讀》，黃晉凱等編著，台北市：昭明，2000。

30. 《老莊學說與古希臘神話》，楊亦軍著，成都：巴蜀書社，2001。

31. 《小說面面觀》，佛司特著，台北市：志文，2002。

32. 《中國小說敘事模式的轉變》，陳平原著，北京：北京大學，2003。

33. 《詩學》，亞里斯多德著，陳中梅譯注，台北：台灣商務印書館，2003。

34. 《小說地圖・從外在到內在——意識流》，鄭樹森著，台北：一方，2003。

## 二、學位論文

1. 《唐代敘事詩研究》，梁榮源著，國立臺灣大學中國文學系研究所碩士論文，1971。

2. 《中國敘事詩研究》，吳國榮著，中國文化大學中國文學研究所碩士論文，1984。

3. 《吳梅村敘事詩研究》，黃錦珠著，國立臺灣師範大學國文研究所碩士論文，1985。

4. 《白居易敘事詩研究》，林明珠著，東吳大學中國文學研究所碩士論文，1989。

5. 《中國敘事詩的傳承研究──以唐代敘事詩爲主》，田寶玉著，國立臺灣師範大學國文研究所博士論文，1993。

6. 《魏晉詩歌賦化現象之研究》，賴貞蓉著，台北：台灣大學中文系碩士論文，1997。

7. 《漢魏敘事詩研究》，林彩淑著，中國文化大學中國文學研究所碩士論文，1998。

8. 《白居易敘事詩研究》，邱曉淳著，國立高雄師範大學國文學系碩士論文，2000。

9. 《晚唐五代敘事詩研究》，游佳容著，國立中正大學中國文學系碩士論文，2002。

10. 《賦的敘事成素研究──自漢迄唐爲範圍》，梁淑媛撰，輔仁大學中文所博士論文，2003。

## 三、期刊論文

1. 〈「辭」、「賦」關係新證〉，李師立信著，香港中文大學研討會發表。

2. 〈寫詩的佩刀人──溫瑞安詩中的史詩性〉，齊邦媛著，《中外文學》三卷一期，1974.6。

3. 〈語言視野中的古典敘事詩〉，余松著，《雲南師範大學學報・哲學社會科學版》第 26 卷第 2 期，1994.4。

4. 〈以中國小說史的眼光讀漢賦〉，竹田晃著，《文學遺產》，第四期，1995。

5. 〈魏晉六朝賦中戲劇型式對話的轉變〉，蘇瑞隆著，《文史哲》，第三期，1995。

6. 〈談一個文學史上的問題──我國先秦時代眞的沒有敘事詩嗎？〉，李師立信著，《中華文化學報》第 3 期，1996。

7. 〈新訂尹灣漢簡神鳥賦釋文〉，周鳳五著，政治大學文學院主編《第三屆國際辭賦學學術研討會》，台北：政治大學，1996。

8. 〈《詩經》中的敘事詩文學類型及其發展〉，江乾益著，收錄於《國立中興大學台中夜間部學報》第三期，1997 年 11 月。

9. 〈《神烏賦》初探〉，裘錫圭著，《文物》第一期，1997 年 1 月。

10. 〈尹灣漢簡〈神烏賦〉箋釋〉，虞萬里著，中山大學中國文學系、中國訓詁學會主編，《第一屆國際暨第三屆全國訓詁學學術研討會論文集》，台北：文史哲出版社，1997。

11. 〈論賦的文體屬性〉，李師立信著，南京大學主辦《第四屆國際賦學學術研討會論文集》，1998。

12. 〈試析中國古典敘事詩沈潛之因〉，劉軍著，開封教育學院學報第四期，1998。

13. 〈史詩問題和周族的史詩——論《詩經》中的史詩〉，張應斌著，嘉應大學學報（哲學社會科學），第 18 卷第一期，2000 年 2 月。

14. 〈中國敘事詩研究與批評綜述〉，王榮著，陝西廣播電視大學學報，第 3 卷第 3 期，2001。

15. 〈發現與重估：中國古典敘事詩藝術論析〉，王榮著，陝西師範大學學報（哲學社會科學版），第 30 卷第 2 期，2001 年 6 月。

16. 〈中國敘事詩早期發展的限制——從中國敘事詩的定義談起〉，朱我芯著，東海大學文學院學報，42 期，2001。

17. 〈西語奇幻文學專輯弁言——死生如來去，夢幻映眞實〉，張淑英著，《中外文學》，第三十一卷，第五期，2002 年 10 月。

18. 〈試論《詩經》敘事詩的小說因素〉，王穎著，齊魯學刊，第三期，2003 年。

19. 〈中國古典長篇敘事詩的戲劇化傾向〉，呂崇齡著，昭通師範高等專科學校學報，第 25 卷第 1 期，2003。

20. 〈「詩經」之敘述視點及視點、聚焦模糊詩篇詩旨問題探討〉，呂珍玉著，東海大學文學院學報，44 期，2003。

21. 〈古詩英譯中的敘事視點〉，魏家海著，北京第二外國語學院學報，第四期，2003。

22. 〈中西詩歌的差異及其哲學審視〉，周昭宜著，華北電力大學學報（社會科學版），第二期，2004。

23. 〈論敘事詩的兩種情節模式及其對後世的影響〉，侯迎華著，河南師範大學學報（哲學社會科學版），第 31 卷第 6 期，2004。

24. 〈論雅詩中的敘事詩及中國古代敘事詩與史詩之不發達〉，劉俊陽著，國際關係學院學報，第四期，2004。

## 參、工具書

1. 《大不列顛百科全書》，廖瑞銘主編，台北市：丹青，1987。

2. LONGMAN ENGLISH-CHINESE DICTIONARY OF CONTEMPORARY ENGLISH（朗文當代英漢雙解詞典），Longman Group UK Limited（朗文出版集團），1988。

3. 《簡明大英百科全書》，台北：台灣中華書局，1988。

4. 《大美百科全書》，台北：光復書局，1991。

5. 《西洋文學辭典》，顏元叔主編，台北市：正中，1991。

6. 《歷代賦辭典》，遲文浚、許志剛、宋緒連主編，瀋陽：遼寧人民大學，1992。

7. 《世界散文詩鑑賞大辭典》，杜紆主編，北京：北京廣播學院，1992。

8. 《中國文學家大辭典》，周祖譔主編，北京：中華書局，1992。

9. 《辭賦大辭典》，霍松林主編，江蘇：江蘇古籍，1996。

10. 《中國歷代帝王世系年表》，杜建民編撰，濟南：齊魯書社，1998。

11. 《大英簡明百科》，大英百科全書公司(Encyclopaedia Britannica, Inc.)主編，大英百科全書公司台灣分公司編輯部編譯，台北市：遠流，2004。